寻找，青春的方向

马建 著

济南出版社

图书在版编目（CIP）数据

寻找，青春的方向/马建著. —济南:济南出版社，

2015.10

ISBN 978 - 7 - 5488 - 1785 - 7

Ⅰ.①寻…　Ⅱ.①马…　Ⅲ.①随笔—作品集—

中国—当代　Ⅳ.①I267.1

中国版本图书馆 CIP 数据核字（2015）第 234724 号

责任编辑	李圣红　陈　琛	
装帧设计	侯文英　张　倩	

出版发行	济南出版社
地　　址	济南市二环南路 1 号（250002）
网　　址	www. jnpub. com
发行热线	0531 - 86131730
印　　刷	三河市同力彩印有限公司
版　　次	2015 年 10 月第 1 版
印　　次	2023 年 12 月第 2 次印刷
成品尺寸	170mm×240mm　1/16
印　　张	9.5
字　　数	150 千
定　　价	36.00 元

序(一)

执着的追梦人

耿建华

这是一本青春励志的书，是作者的第一本随笔集。

这些短小的随笔是作者从自己的生活和工作经历中提炼出来的。作者用简洁率性的文字，对交友、学习、职场及生活、梦想等现实问题，提出了既有深度、又有现实针对性的观点。有的是与朋友对话的记录，有的是学习阅读后的思考，有的是对生活现象的感悟，有的是对人生体验的追问。这些文章特别适合正在拥抱青春的大学生、职场人士，以及仍然不忘初心、心怀梦想、缱绻青春的追梦人阅读。

马建就是一个执着的追梦人。他走出校门后，曾远赴新疆，后又来到济南，从保安员做起，一步步走上领导岗位，成为华东保安学校校长。他的成长过程就是一个励志过程、追梦过程、奋斗过程。正如他自己所说："没有经历，没有过程，一切不能。"

马建的成长离不开读书，不论在学校还是参加工作后，他都在孜孜不倦地读书学习。他说："读书，是为了成为一个有温度、懂情趣、会思考的人。"马建读的是活书，他不仅善于读书本，而且善于读社会这本大书。读书使他成了一个有情趣、会思考的人。本书中的文章正是他读这两本书后自己思考的结果。在《你到底有多忙》中，他对"忙"做了思考分析，既肯定忙的积极价值，又分析了"忙"变成"茫"和"盲"的原因，并且提出了解决对策。他说：

"'茫'和'盲'是本质和结果的关系。眼前迷茫，做事盲目。出现这种情况，一种可能是你步入了冰河期或者高原期，工作因循守旧，再无建树。这时的你，需要突破自我。第二种可能是没有目标，或者目标不清晰、不量化，工作毫无条理和逻辑，每天浑浑噩噩，满足于'小和尚撞钟——得过且过'。三是没有持续学习的习惯，凭借以往的经验度日，'吃老本'，只好用无穷无尽的忙碌来掩饰自己内心的恐慌。"

马建的这种分析思考能力既是读书的收获，也是现实工作的锻炼结果。不断在生活工作中思考和总结，就能使自己少走弯路，尽快实现既定目标。

在《你的目标呢》一文中，他说："目标就是靶子，射出去的箭如果不对准靶子，就失去了箭的作用，而人就像那支射出去的箭。""目标是方向，是希望，是自己给自己的一个承诺。"他认为目标不可太虚，也不可太低。目标一旦定下就要付诸行动，并且要把目标公示出来，分解开一步步实现。完不成还要自我惩罚。

这是多么理性的人生规划呀。这也是他对自己的生活提炼。相信青年朋友们一定能从中受到启发。

人生是需要规划的，既要有目标、有梦想，也要有实现目标的规划和措施。他认为，人生有无限的可能，要实现这种可能就要走出舒适区，打破固有的格局，寻求新的目标，推动事业朝更高的目标前进。若一个人安于现状，停滞不前，就会失去活力和激情。不离开原有的舒适区，你就不会达到新的目标。要达到目标就不能等待。

在这本书中，马建提出了一个我们人人都能从中受益的观点——别给自己找各种各样的借口，行动起来，减少等待成本。

实现目标也离不开朋友和圈子，在《圈子》一文中，他说："选择圈子很重要，人际关系是生产力，圈子决定你的未来。美国有句谚语：'和傻瓜生活，整天吃吃喝喝；和智者生活，时时勤于思考。'我们中国也有句古话：'近朱者赤，近墨者黑。'这两句话其实是同一个道理：你能走多远，在于你和谁同行。"

马建是个勤奋的人，除了工作之外，他的业余时间大多用在写作上。他规定自己每周必须写一篇东西。他共计发表诗歌、散文、通讯、报告文学、论文500余篇（首）。文学作品散见于《山东文学》《绿风》《当代散文》《济南作家》等刊物，合著《党和国家领导人在天桥》及《风雨同舟六十年》（丛书）等，作品多次获奖。通讯稿件多见于《人民公安报》《中国保安》及各级报纸、电台、电视台，调研文章《大力发展保安事业，强力打造平安建设生力军》曾被《新华社内参》刊用，通讯《一个生命感动一座城市》曾在当地引起较大社会反响。主编培训教材两部，撰写论文数十篇，《论保安职业培训体系的构建》获"中国保安业十年发展战略研究"征文一等奖。

写作使他加深了对生活和社会的认识，也使他锻炼了分析问题、思考问题的能力。在《写什么》一文中他说过："对于个人而言，写有什么好处呢？大概因人而异。有的人是感性地写，写能带来快乐、充实，是用文字来抚慰心灵，是自己与自己的对话；有的人是理性地写，写能把自己的思想用文字固化下来，能把自己的经验提炼出来，写的过程中会不时迸出新的想法，这也是一种学习成长的过程。写，为了缅怀过往，为了憧憬未来，为了纪念青春，为了净化灵魂，为了认清别人，为了了解自己。很多时候，写的是一种心情，一种心灵物语。"

不断地学习和写作，丰富了马建的人生，也锤炼了他的语言表达能力。马建的随笔语言朴实简洁，有的还很有艺术感染力。在《懂了遗憾，就懂了人生》中，他写道：

"生命中出现最多的遗憾是爱情，'奈何故人着新衣，嫁作他人妇'让人戚然；生命中出现最大的遗憾是亲情，'树欲静而风不止，子欲养而亲不待'让人喟叹。

"我们无法消灭遗憾，是因为我们的心愿无法归零。既然时光无法倒流，就不如直面眼前，试着接触、接近、接受现实中的遗憾，千万不要纠缠在里面，一遍一遍地追悔莫及，这样只能加重自己的痛苦。要尽可能地用自己可以做的事情去弥补这个遗憾。

"人生像是一幅画布，遗憾是留白。没有留白的画作太满，留白太多的画作太浅。"

这段文字中诗句的引用和准确的比喻，使文章生色很多。

马建的这些文章充满正能量，具有温暖人心的作用，能激励人奋斗向上。其中那些富有哲理的警句，会让你久久回味。

（耿建华，山东大学教授，现任山东省诗词学会副会长）

序(二)

他，找到了青春的方向

杨　军

那日，马建嘱托我为他即将出版的散文集《寻找，青春的方向》写个序，我在向他表示祝贺的同时拒绝了。

原因有二：一是自己不善文墨，文辞粗浅，写不好文章的人要给别人的作品写序，有悖常理。我怕一篇拙作会影响整个散文集的美感，贻笑大方。二是自己位卑言轻，既不是文学圈中人，更不是名人，虽有区文联主席一职，也只是为艺术家们搞好联络、协调、服务等行政事务而已，徒有虚名。

后禁不住马建诚恳的请求，我纠结地答应了。既如此，我就顺着自己的思路，信马由缰地写点什么吧。

2011 年春天，天桥区筹备成立区作家协会，有人向我推荐马建为作家协会主席团成员候选人。

那时，马建在天桥区保安公司就职。在我的心目中，保安与作家根本不搭界，我没有把这事放在心上。有一天，马建托人把自己近几年见诸报纸、刊物的诗作与散文转交给我，我随手置于案头。一日有暇，信手翻阅，觉得很有新意，细读，更加有味儿。渐渐地，我有些爱不释卷了，尤其那首《诗意天桥》："齐烟九点/是穿越时空的路标/一只鸽子/飞久了/就找/扁鹊兄/讨一杯茶水/到卓然亭/听张公抚琴/或驻足/五龙潭边/掬一捧泉水/洗洗眼睛/向满池的鱼儿/打探/秦二哥故居//飞翔时/抖落一片羽毛/泛作舴艋舟/载着夕阳/打捞/藕花深处的女儿愁……"形象、逼真、拟人，天桥美景，活灵活现，跃然纸上。

于是，马建走进了我的视野。在天桥区作家协会成立大会上，凭借他优秀的人格魅力、组织能力和扎实的文学功底，马建顺利当选为天桥区作家协会副主席。之后，他又参与了《天桥作家报》《榜样的力量》《情满天桥》《诗书画影话天桥》等刊物和文艺节目的撰稿工作，并获得好评。

大凡舞文弄墨的人都知道，文学创作需要几分灵气、几分才气，更不可缺少的是毅力，三者缺一不可。此三者，在马建身上表现得尤为突出。

马建不是专职作家，担任华东保安学校校长，他的工作是忙碌的，用奔波劳碌来形容他是非常合适的。"要求自己每周必须写一篇文章"，这是何等的毅力！试想，在这种忙碌的工作状态下，单凭灵气、才气，没有一种超人的毅力，没有对文学孜孜以求的执着和热爱，此佳作恐难以面世。

马建在忙碌的工作中，感悟社会，感悟人生，感悟世间一切。在感悟中，他的创作状态渐入佳境，进而一发不可收拾，于是，一篇篇好文佳作，伴随着酷暑严冬、不眠之夜，在键盘的敲击声中，如行云流水，涓涓而出。

不难想象，在一篇篇佳作的背后，马建付出的是什么。在《你的目标呢》一文中，有这样一段话："为了督促自己全力以赴完成目标，不妨给自己预设一个痛苦的惩罚。即，如果完不成目标，你会怎样惩罚自己？这个惩罚一定要够狠，够大，够坚决——这迫使你为了逃离这个痛苦，会想方设法达成目标。"正是为了这个目标，他付出的是一个个不眠的夜，一个个推辞的应酬。有人把创作当成一种负担，马建却把创作当成一种享受，一种莫大的享受。在享受创作幸福的同时，他也享受了丰收的喜悦。但其中的甘苦，虽是他本人不说，我也能够深深地体会到：马建，累并快乐着！

这本散文集《寻找，青春的方向》凡60余篇，作品有对生活的感悟，有对社会的思考，有对亲情的展现，也有对乡情的眷恋，可以说，整个散文集，是马建人生的履痕。

没有生活就没有故事，不懂生活就不懂创作，马建是在用生活创作。丰富的生活积累，使他随手拈来，自成文章，而他所亲身经历的鲜活的生活，使文章更加真实、生动。作品没有华丽的词藻，没有震撼的情节，一切都是清纯自然，率真朴实。文中所述的人和事，娓娓道来，总让人嗅到一股淡雅有致的芬芳。细细读来，小中透着大，浅中蕴含深，令我感慨颇多，赞叹不已。

文学之路天高地远。在文学的海洋里，马建找到了青春的方向。

祝愿马建朝着这个方向，义无反顾地走下去！

（杨军，济南市天桥区文联主席）

目 录

目　录

第一辑

追梦的青春

▶ ▶ 梦想去哪了

许多人可能都有过类似的情况：

年轻时有各种各样五彩斑斓的梦想，但随着年龄的增长、境遇的不同、思想的变化，追逐梦想的斗志和冲劲慢慢减弱，脚步慢慢放缓，梦想似乎离自己越来越远……

梦想去哪了？林语堂先生说："梦想无论怎样模糊，总潜伏在我们心底，使我们的心境永远得不到宁静，直到这些梦想成为事实。"

梦想，是人们对未来生活的美好憧憬和愿望，它不分国界、不分种族、不分男女，只要生命不止，人们追求幸福生活的梦想就不会消失。

梦想哪儿都没去，它就像一粒种子一直种在人们的心里。对"种子"浇灌、施肥、培育，它就会发芽、开花、结果；对"种子"忽视、漠视、轻视，它就会继续寂静、沉默、等待……

"梦想成真"并不取决于梦想本身，而是取决于怀揣梦想的那个人。很多时候，不是梦想远离了人们，而是人们远离了梦想。梦想对人是忠诚的，人对梦想是不忠诚的。

梦想，无关乎对错，但一定要符合事物发展规律，符合社会伦理道德。历史证明，秦始皇"长生不老"的"梦想"只能是妄想，宋人"守株待兔"的"梦想"只能是空想。但是，如果一个人立志成为出色的艺术家、企业家或者国家领导人，这样的梦想却并非不可能实现。

有一个叫戴维的小盲童，他在一篇作文中写下自己的梦想：将来做英国的内阁大臣……50年后，这篇作文被找出来刊登在《太阳报》上，因为此时的戴维实现了自己的梦想——他成了英国历史上第一位盲人内阁大臣。

梦想，无关乎大小。刘邦看到秦王巡查时说出"大丈夫当如是也"，固然梦想远大；时传祥掏粪时说出"宁肯一人臭，换来万户香"，同样志存高远。

对于任何个体生命而言，梦想没有大小和高低贵贱之分，平凡人的微小的梦想甚至更能映射人性光辉。无论梦想是伟大还是平凡，只要实现了就是成功的梦想，都应当受到尊重。

梦想，无关乎成败。当然，不是所有人都能实现自己的梦想，就像一个人不能实现自己所有的梦想一样。实现梦想除了主要依靠个人的主观因素外，客观环境的影响也确实存在。关键不在于梦想是"功成名就"还是"虽败犹荣"，而在于我们在追寻梦想的过程中是否做到了真实的自己，是否付出了百分之百的努力。

梦想，与目标有关。一个人有什么样的梦想，得看其想要什么，想要什么就是目标。梦想，就是让自己活下去的原动力，是让自己开心的原因，是自己给自己的一个承诺。

梦想，与行动有关。很多时候，人们不缺乏想法，而是缺乏做法。人们也不缺乏梦想，而是缺乏行动。不去行动的梦想只能是空想，而不能坚持去行动的梦想只能是猜想。

追寻梦想的过程使我们充满期待，沿途也许荆棘丛生，充满艰辛和曲折。当遇到困难时，我们唯一要做的是去找方法，而不是找借口。是行动，而不是心动。

华特·迪士尼的梦想是建立"地球最欢乐之地"，他面临的一个最大的困难是融资，被银行拒绝了302次……但他没有放弃梦想，一直坚持行动，最终创办了全球著名的"迪士尼"游乐园。

更多时候，梦想与态度有关。梦想不是想一想，也不是经常想，而是有多想。有多想，就是对待梦想的态度。消极的人会说："梦想是少数人的事。"现实的人会说："梦想很遥远，现实很骨感。"乐观的人会说："梦想就在前方。"……人们对待梦想的态度不同，导致了行为方式的不同，行为方式的不同导致了结果的不同，而不同的结果就造就了不同的人生。如果一个人真有"置之死地而后生"的决心，还有什么梦想实现不了呢？

梦想去哪了？梦想就在我们的脚下，在我们的行动中。我们要让自己的梦想之花绽放，也要用自己的梦想去感染和帮助别人的梦想，最终汇聚成家庭的梦想、国家的梦想、全人类的梦想。

▶▶你到底有多忙

一年又过去了，当你回头看的时候，是否有这样的感觉：这一年下来，自己什么都没改变，就是年龄大了一岁。

有人感叹，上班、下班，出门、回家，每天都没闲着啊。

是啊，工作永远忙碌，家务天天无休，子女时时要陪——忙啊；理想越来越难实现，无奈的现实让人看不到出路——茫啊；生活越来越迷惘，每天关注的只是眼前事，看不到将来——盲啊。

你是否听过这样的对话："最近怎么样啊？""忙啊。""忙什么呢？""瞎忙。""你怎么样啊？""我也忙啊。"……

我们每天到底在忙什么？为什么这么忙？忙、茫、盲怎么就成了我们的生活、工作常态？

忙是一种过程。其实很多时候，我们并不是在工作中忙碌，而是在忙碌中工作。在工作中忙碌，是围绕工作目标有条不紊地去做事情，是有计划的；而在忙碌中工作，其实是自己也不知道在做什么，理不出头绪。出现这种状态不外乎以下几种原因：一是压力大，负重前行，一个人干好几个人的活；二是在用脑工作，而不是在用心工作；三是缺乏工作技巧，无效地忙碌、瞎忙。

茫和盲是本质和结果的关系。眼前迷茫，导致做事盲目。出现这种情况，一种可能是你在职场中步入了冰河期或者高原期，工作因循守旧，再无建树。这时的你，需要突破自我。第二种可能是你没有目标，或者目标不清晰、不量化，工作毫无条理和逻辑，每天浑浑噩噩，满足于"小和尚撞钟——得过且过"。三是没有持续学习的习惯，凭借以往的经验度日、"吃老本"，只好用无穷无尽的忙碌来掩饰自己内心的恐慌。

忙、茫、盲是一个恶性循环：越忙越茫、越茫越盲、越盲越忙。如此反复，导致你失去了自我，更谈不上实现自己的人生价值。

有人曾经这样谈忙：一个国家，皇帝忙，就代表将相无用；一个军队，将军忙，就代表凝聚力不够；一个家庭，支柱忙，就代表即将出现问题；一个公司，老板忙，就代表可用之人不多。

有人说："一个人如果整天都很忙，就证明一件事——能力不足。"

当我们此刻很忙的时候，能否问问自己：我到底在忙什么？我怎样才能做到不忙？

不可否认，忙也有其积极的一面，忙证明我们的存在。忙是因为有事情做，有事情做，说明我们还有一定的生存能力。但我们的目标真的就定位于生存这么简单的追求上吗？你不想让自己活得更有价值、更有尊严吗？你不想让自己的父母、子女过上更好的生活吗？因此，要实现自己心中的梦想，就不仅仅是活着那么简单了。

我们可以变得不忙。如果我们仔细梳理一下这个忙，很多时候是因为我们做事情"眉毛胡子一起抓"造成的。我们可以通过有效的时间管理，把每天要做的事情按重要性进行排序，确保更有效率地做事情，才能变忙为不忙。

我们还可以做到忙得有价值。人们常说，"世间先有伯乐，后有千里马。千里马常有，而伯乐不常有"。这个道理告诉我们，不要苦等伯乐的出现，自己要有千里马的潜质。做事情要学会"埋头苦干"，还有"巧干"，做出一两件像模像样的、能证明自己能力的事情，发出"闪光点"。随着你积累的闪光点增多，一旦机遇来临，终有你跃马奔腾的时刻。当然，这其中最重要的一个前提是，你得先成为那匹"千里马"。

我们更可以用今天的忙换来明天的不忙。仔细想想，今天拥有的生活，来自于我们昨天对待生活的态度；而今天的态度，决定了我们明天能过什么样的生活。我们当下有什么样的忙，将来就会有什么样的不忙。我们已经无法改变过去的自己，但是可以通过改变当下的自己，去影响将来！

追求成功的忙，不是盲目的忙，而是为了实现目标。从今天开始，我们给自己制定一个目标，然后以目标为导向，立即去行动，每天做最有意义的事。比如改变自己懒散的习惯，每天早起床半小时锻炼一下身体；晚饭后拿出一个小时去学习，给自己充充电或搞一项研究；控制好自己的情绪，让自己始终保持积极的心态，充满正能量；每天反省自身，改正不足，无论任何方面，每天让自己进步一点点。

只要坚持下来，请百分之百相信，明年的我们，会充满温情地对自己说："这一年没有瞎忙，我实现了年初制定的目标，我是最棒的！"

▶▶加满你的正能量

正能量，是一个经常被引用的词。

正能量，本是物理学名词，它的流行源于英国心理学家理查德·怀斯曼的专著《正能量》，其中将人体比作一个能量场，通过激发内在潜能，可以使人表现出一个新的自我，从而更加自信、更加充满活力。

当下，人们为所有催人奋进、给人力量、充满希望的人和事，均贴上"正能量"的标签。正能量，已经成为一个充满象征意义的符号，传递着一种健康乐观、积极向上的动力和情感，表达着我们对美好事物的向往和期待。

正能量，是一种做事情的动力。

在你孤单寂寞时，朋友一句温暖的问候，会让你心情舒畅；在你陷入困境时，坚强乐观的信念，会让你东山再起。

人的一生，每个人的起点与终点完全相同，不同的是生命的过程。消极的人用减法，把过的每一天都当成生命的耗损；积极的人用加法，把过的每一天都当成生命的积淀。

关注生命的过程而不是结果，用加法来计算生命，不断积累收获的喜悦，身心充满正能量，这是实现生命价值的动力源泉。

正能量，是一种做事情的态度。

根据心理学家的研究结论，与皱眉的人相比，微笑的人应该感觉自己更快乐，更能向人传递内心的正能量。情绪和行为之间是互相影响的，正如正能量和负能量也会相互转化一样。人们微笑是因为快乐，同时人们也会因为微笑而变得更加快乐。

现代社会节奏快：学业、就业、事业，业业操心；房事、婚事、家事，事事费力。各种压力无处不在，需求得不到满足，会让我们不时处在焦虑之中。如果放任这种负面情绪的累积，就会消磨你的意志，侵蚀你的身心，拖累你的生命。因此，我们要学会自我调整，将消极抱怨转换为积极感恩。

比如，将"为什么我的收入总是这么低"转换成"我如何才能使自己收入增加"；将"为什么同事都不喜欢我"转换成"我如何才能受到同事的欢迎"……态度会改变你对世界的看法，态度会让你从关注现象转变为关注原因、关注方法，继而改变自己，切实行动起来。

把工作当成一种职业，你就会把自己当成打工者，感觉是在为别人做事，总是全力应付；把工作当成一种事业，你就会把自己当成总经理，感觉是在为自己做事，就会全力以赴。而截然不同的工作态度必然会带来不同的职场人生。

态度对一个人的影响非常重要。有什么样的态度就会有什么样的行为，有什么样的行为就会有什么样的习惯，有什么样的习惯就会有什么样的结果。人不能改变环境，但可以改变态度。人生的格局往往就因一念而不同。

正能量，是一种做事情的方式。

做事情的方式，往往被习惯左右。你习惯了早起晚睡，就不会选择晚起早睡；你习惯了遇到困难先想解决的办法，就不会选择逃避；你习惯了相信自己，就不会依赖他人……

"少年若天性，习惯如自然。"总以某种固定方式行事，人便能养成习惯。

以好的习惯做事，不一定得到好的结果；但以不好的习惯做事，一定得不到好的结果。有付出才有收获，这是事物发展的规律。

养成认真的习惯，你会收获成长；养成负责的习惯，你会收获成熟；养成合作的习惯，你会收获事业；养成诚信的习惯，你会收获朋友。

正能量给人信心和希望，鼓舞人不断追求。

说正能量的话，做正能量的事，交正能量的朋友，让我们的人生一路正能量。我们的生命会因这样的过程而精彩纷呈。

▶▶原点思维

　　一位朋友给我讲过这样一个故事：清朝末年，重庆商人刘继陶赶往川北收购桐油（桐树的种子提炼制成的植物油，用来制作油漆、涂料及肥皂等），途中因事耽搁，迟到一步。尚未上市的桐油，早被各地蜂拥而至的油商订购一空。

　　面对无油可购的局面，刘继陶没有打道回府。他了解到当地桐油大丰收，装运桐油的油篓子将会变成紧俏货。于是，他果断地改变计划，将原来用作购买桐油的钱全部用来购买油篓子。不久，桐油开始大量上市，油篓急缺，那些手中拥有大量桐油的油商们无奈之下只好以高价向垄断油篓货源的刘继陶购买，刘继陶由此获利颇丰。

　　这个故事中，刘继陶思维的原点是什么？买桐油？买油篓？都不是！他思维的原点是赚钱。无论买桐油还是买油篓都是赚钱的方法，并没有本质的区别，刘继陶的思维没有偏离原点。

　　这个看似简单的问题映射出一个非常重要的道理：任何事情都有一个原点，如果想解决问题就得先找到原点。回到原点思考问题就是"原点思维"。

　　原点思维，首先应当确定原点。原点是事物原来的出发点，我们确定了原点后，行进的每一步都可以比照原点，分析方向是否偏离，随时纠偏。

　　原点思维，其次应当探求实现原点的途径和方法。原点思维要始终围绕出发点，而不必拘泥于某种方法与途径。现实中，无论是工作、学习、生活还是其他，往往一开始，我们的目标非常明确，可随着过程的推进，不断产生的新情况常常使我们陷入事务性的忙碌，忽略甚至忘记了当初出发的目的。这样怎么能实现目标呢？

　　原点思维，还应当找出新的行动方案。比如，当原点是去北京时，以前的人们只能采取步行、骑行等笨拙方式，现在可以选择火车、汽车、飞机等快捷方式，将来依靠现代科技也一定会创造出新的交通方式。从这个意义上说，原点思维既给了我们选择，又推动我们进行创新选择。

"上大学为了什么"的问题，答案可能会有多种，但在现实主义者的眼中，上大学就是为了就业。如此，高职生毕业后抓住一份不错的就业机会，而不去选择升本、读研，不就是一种原点思维的表现吗？

原点思维，在现实生活中非常重要。它可以让我们对照出发点纠正行为，保持过程清醒；可以让我们抛弃固执，变得灵活机动；可以让我们打开思路，增加选择性和可能性。

想想你现在正在做的事情，还记得原点是什么吗？

▶ ▶ 走出你的舒适区

舒适，是我们每个人都愿意身处其中的美妙境地，没有压力，没有焦虑，随心所欲……

比如，你做起事情来得心应手、毫不紧张——当然，这样的事情也不会让你激动，因为你对它们再熟悉不过。还有，你只关心自己喜欢的话题，只有固定的朋友圈子，只听平常喜欢的歌曲。这样做时，你感到放松、舒适。

带给你这种感觉的状态和行为模式，就是你的心理舒适区。在这个区域内，人们常常感觉放松，有自己的节奏，就像一个温暖的港湾，常常让人产生依赖和留恋。相反，超出了舒适区的范围，则会感觉到紧张、不安和焦虑。

有心理学家将人类对外部世界的认识，形象地以海水为例分为三个区域：岸边、浅水区、深水区。而岸边这个区域，对应的就是"舒适区"。

假如你是一个不会游泳的人，一定是感觉待在岸边的舒适区最安全、最舒适，而每往前一步，心里的恐慌和不安就会增加一分。但是你会发现，这个舒适的岸边并不是一成不变的。当海水涨潮的时候，你的舒适区有可能会被淹没。如果不加以拓展，你的舒适区将变得越来越小。站在原地的你，也会被恐慌和不安所困扰。而以前的非舒适区，则会更令你感到不安和恐慌。

有的人虽然处在舒适区中会有暂时的安全感和舒适感，但他们不会长时间在此停留，而是能够很快做出改变，跳出这个区域——比如结交新的朋友，拓展兴趣范围，接受新的挑战等。

但是，更多的人却不愿意冒险，不愿意自找"苦"吃。他们就像企业里那些自恃资历老的员工，长期满足于现状，不求有功，但求无过，天天朝九晚五地混日子。

我们常常试图原地踏步、躲避风险，但随着事态的发展，我们却无法保持原有的安宁与舒适，而是被卷入了其他的不适中。

"温水煮青蛙"的故事，意味着"舒适"是需要付出代价的。

对待舒适区的态度不同，正是普通人和成功人士之间的差别所在。

前者，通常一生中的大部分时间都待在了舒适区；后者，总是能够在人生有限的可利用的时间里，不断走出舒适区，实现突破。我们虽然明白这个道理，但真要强迫自己早起，强迫自己学习，强迫自己做一项新的工作，强迫自己结交新的朋友……还没开始做，或许你的心里已经找到了一百个不去做的理由。

为什么会有这样的心理表现呢？

这是因为我们在舒适区里停留的时间太长了！也许，你会在舒适区里感觉到压力的存在和环境的变化，但如果没有强大的自我意志的控制，你将很难走出舒适区，接受新的挑战。或许所谓的压力应对，也只是临时抱佛脚、急中生智之类的小把戏而已。

无论个人还是企业，如果设定了新的目标，就必须离开原有的"舒适区"，就必须打破原有的资源范围、能力结构和知识水平。不离开原有的舒适区，你就不会达到新的目标。

如果一个目标实现起来困难重重，你还会去做吗？如果付出暂时没有回报，你还会付出吗？离开舒适区，会让你感到不舒服，但若是实现了新的目标，就会有一个非常关键的变化——舒适区被扩大了，你的自由更大了！

那么，怎样才能走出心理舒适区呢？

我们要培养好奇心。好奇心是我们探索世界的动力。对生活保持好奇，你就有了探索的勇气。而探索本身，就是一种尝试，一种突破，一种前进。不知不觉中，拥有好奇心的你已经在拓展自己的舒适区了。

我们要冒一点险。生活需要激情和活力，而激情和活力又是突破舒适区的动力。冒一点险，是保持激情和活力的妙方。试着去和一个难缠的客户沟通，或者去尝试以前从未有过的装束，再或者去做一件一直想做却没有勇气做的事情。比如，向喜欢的人表白，在众人面前演讲……新的尝试会带给你新的感觉。不知不觉中，你已经具备了突破舒适区的素质。

面对舒适区，一种选择是退避，你可能会获得一时的安宁，但却隐藏着更大的不安；一种选择是进取，你可能会面临新的不安和挫折，但却孕育着希望。

选择哪一种，你的心中已经有答案了吧？

➤ ➤ 做有意义的事

人每天都在做事。

有些事非做不可，比如吃饭、睡觉、上厕所。有些事可以选择，比如学习、工作、娱乐、家务等。

非做不可的事，与生存有关，我们无法左右。

可以选择的事，与生活有关，我们其实能掌握一部分支配权。比如，你可以选择读这本书而非那本；你可以选择做这份工作而不是那份；你可以选择蜗居家中而不出门；你可以选择等一会儿做家务而不是现在……

现实中，有些事情之所以让我们难以选择，这和事情本身没有关系，但和我们的选择权有关系。但即使你对某件事情具有了选择权，也不见得你会去做。你会思考，做这件事有没有意义。

什么是有意义的事？电视剧《士兵突击》中的许三多说："有意义的事就是好好活着，好好活就是做很多有意义的事。"

衡量一件事有没有意义，应该看它的价值。要看通过做这件事，给你本人或者他人带来了什么样的影响，产生了什么积极的效果。如果没有任何效果，那么你做的这件事就是无意义的，或者是意义不大的。

对于我们来说，有意义的事，就是所做的达成了我们想要的。

怎样去做有意义的事？

这要看你想要什么。一个人想要什么，决定了会去做什么，这是一种以目标为导向的做事方式；一个人并不确定想要什么，而去做什么，这是一种以过程为导向的做事方式。

做是过程，有意义是结果。做一件事，仅有过程而没有结果则称不上成功，而仅有结果但没有过程，这样的成功不可复制。

"拿得起，放得下"的真谛是该"拿得起"时拿得起，该"放得下"时放得下。

做有意义的事，不同的人有不同的选择。子曰："吾十有五而志于学，三十而立，四十而不惑，五十而知天命，六十而耳顺，七十而从心所欲，不逾矩。"以此理解，人选择做什么事应该和自己的年龄、身份相匹配。比如，立志学习是十五岁左右时应该做的事。但是，十五岁的人偏要像三十岁的人那样去处世立业，或者三十岁的人硬要学四十岁的人那样成熟，或者四十岁的人要像五十岁的人那样领悟天命而放下奋斗的动力……那么，我只好恭喜你"早熟"了。这样的做法显然是一种选择上的错位。

事情本身没有对错，错位的是你的选择。

做有意义的事，不同的人会做出不同的价值。我们常常发现，做同一件事，有的人认真，而有的人敷衍。认真做事和敷衍做事一定会带来不同的结果，那么不同的做事方式产生的结果累积起来，就形成了不同的人生轨迹。

比如，同事、朋友年龄相仿，起步时境况也差不多，可多年以后，有的人成了领导或企业家，有的人仍在原地踏步。对于这种现象，总会有人感叹，人家运气好，自己怀才不遇。

真的是这样吗？请问，同样做事，你是否做到了有意义？你是否一直做到了有意义？

马云在电视节目《赢在中国碧水蓝天间》中说过："赢的人要反思赢在哪；输的人要反思，哪些地方做好了，下一场就有可能赢。"

没有人甘心平庸，不管你人前说出怎样谦虚的言辞，但当面对真实的自己时，相信每个人的内心其实都渴望赢。

我们每个人都想让自己的人生更有意义，有意义的人生需要有意义的事来达成，而有意义的事一定是你脚踏实地做出来的。

▶▶结伴而行

"要想走得更快，请独行；要想走得更远，请结伴而行。"这是一句非洲古谚语。

这句话怎么理解呢？其中有几个关键词：更快、更远、独行、结伴而行。"更快"是说速度；"更远"是说距离；"独行"是说自己一个人行走；"结伴而行"是说和他人一起走。

第一层意思，一个人要想走得更快，就要心无旁骛。比如明代地理学家、旅行家和文学家徐霞客一生致力于遍游名山大川，旅途中曾三次遇盗，数次绝粮，仍勇往直前，最终完成了60万字的《徐霞客游记》。

第二层意思，一个人要想走得更远，就要有团队精神。"众人拾柴火焰高"，要学会集众人力量前行，在他人的帮助下实现自己的梦想。

这两层意思没有对错之分，谁能说团队的成功叫成功，而一个人的成功不叫成功或者反之呢？其实，世间的事并非以"非此即彼"这样的两分状态呈现，还有第三种状态。

既然这样，独行与结伴而行之间有没有第三层意思呢？我认为有。那就是在追寻梦想的过程中，一个人既可以保持特立独行的行动力，也可以带领他人一起前行，使团队走得更远。一个人只想自己走得快，往往走不远。

俞敏洪把"新东方"的成功归结为团队的力量。而李阳创办的"疯狂英语"却是另外一种命运。原因就在于"疯狂英语"是李阳一个人在做，而"新东方"是一帮人在做一个共同的事业。

生活不是一个人的调色板，生命也不是一个人的舞台。

结伴而行就是发挥自己的优势，努力走在前面，带动同伴一起走。

结伴而行就是包容同伴的缺点，提升步伐频率，带动同伴更快地走。

结伴而行，会让你走得更远一些。

▶ ▶跨界

朋友聚会，七八个人来自教育、商业等好几个领域，彼此交流着不同的话题，新鲜有趣，其乐融融。其中一位朋友深有感触地说："我们应该打破过去固定的交友圈子，不能只交本行业的朋友，要学会跨界交友，这样才能扩大信息量，拓展人脉。"

朋友的话，我觉得有一定的道理。

有的人吃饭、逛街或者聚会，身边总是那么几张相熟的脸，这样在一起放松、愉悦。可当身边的人换成新人或进入新的场合时，他就会感到不舒服、不自然。这实际上是一个人停留在心理舒适区的表现，心理舒适区虽然让人感到舒适，但也会让人产生依赖，不思进取。

还有的人经常行走于不同的"朋友圈"，擅长与不同行业的人打交道，身上凝聚了广泛的人脉资源，朋友间谁有事情一般都会找他帮忙。这样的人的交友方式正是朋友所说的"跨界"。

喜欢墨守成规或者喜欢跨界，很难说清哪个好哪个不好。但有一点，如果一个人想要更大的人生舞台，确实需要敢于突破自我，有一些跨界的精神，而不是各玩各的，在圈内"单打独斗"。比如，主持人跨界唱歌、歌手跨界演戏、演员跨界主持等，都是在为拓展自己的艺术舞台、延长自己的艺术生命而做出的积极尝试。

跨界不是转型。美国前总统里根，从演员到总统那是转型，不是跨界。如果他边做演员边做总统，那就是跨界了。

跨界是同时跨越两个以上不同的领域而产生的新模式，使不同的类别相互渗透、相互融会，实现一加一大于二的作用效果。

跨界需要以一定的知识结构作为支撑。如果一个人知识结构单一，即使身处再多的平台，也会减弱甚至抵消跨界的作用。

当今社会，跨界已经成为一种不可阻挡的潮流。除了个体间的跨界，从组织的角度看，一些传统型企业正在涉足互联网，而电商企业也在进军实体产业，这些都是跨界的表现。

记得在"CCTV2013 年度经济人物"颁奖现场，当格力电器的董明珠与小米手机的雷军进行"10 亿对赌"时，董明珠说了这样一句话："如果格力与马云合作，那不是天下都是格力的？"

跨界的潜力巨大，企业即使做得很好也需要考虑跨界因素。如"余额宝"对银行的冲击，"微信"对短信的冲击，及至"快的""嘀嘀"打车软件带给出租车市场的变革等，无不显示"跨界"的趋势和影响力。甚至有人断言："最彻底的竞争是跨界竞争！"

跨界是时代发展的必然。就像那条微信说的："未来，酒吧还是酒吧么？咖啡厅只用来喝咖啡么？酒店就是用来睡觉的么？餐厅就是用来吃饭的么？美容业就靠折腾那张脸么？肯德基可不可以变成青少年学习交流中心？银行等待的区域可不可以变成新华书店？飞机机舱可不可能变成国际化的社交平台？你不敢跨界，就有人跨过来打劫！"

世界都"互联网"化了，地球都"平面"化了，社会都"大数据"化了，那么，作为一个真实存在于当今世界的生命体或者经济体，你还能在自己的角落里固守多久？未来的成败，关键在于能不能跟上时代的变化，有没有用跨界思维武装自己。

▶ ▶ 不只你在学习

前几日拜访了一位老大哥，他现在是一家企业的董事长，正在打造一处规模宏大的重汽配件城，且已经稳健运营。坐在他宽大的办公室里，看着他忙忙碌碌的身影，我眼前不由得浮现出与他相识的过程。

老大哥姓周，是我的同乡，他原本和我的一位亲戚早年间是同事，后来两人都出来创业。我那位亲戚在北方发展，周大哥在南方发展，如今他们的事业都做得很成功。记得大概是十几年前，大家在一起吃饭，周大哥谈到了自己的目标，称准备过几年在济南买上几百亩地，建一个全国最大的重汽配件市场。我那时才二十几岁，也不禁为周大哥的雄心壮志而惊讶不已。没想到十几年后的今天，周大哥当年的目标已经实现！

现在跟周大哥聊天，感到他的格局和高度又迈上了一个新台阶，他提出的"产权式重配城""海外仓"等商业思维正一步步落地并成为现实。作为周大哥的同乡，我真心为他如今取得的成绩高兴，也被他的学习能力所折服。

我有一位朋友小赵，20年前我们曾在一起打工。他那时刚满16岁，已经离开学校，出来打工。我们一起工作时，小赵学会了汽车驾驶，后来他去了一家药厂开车，再后来做了业务员，最后自己独立经营药品。如今他的生意做得很好，买了两套房、两辆车。小赵没上过多少学，可他脑子灵活，注重学习别人的优点。三年前，他给我说想报名读MBA。没过多长时间，他真的走进了上海交大的MBA班。MBA毕业之后，小赵的事业心更强了，他开始转型进入互联网行业。现在他正从事安全教育培训产业，走的是O2O的运营模式，线下部分的免费培训项目已经展开，他的互联网思维和公益心都让人刮目相看。

我还有一位朋友小周，认识也有十多年了。记得第一次见面，他二十出头，和表哥开了一辆面包车，两人合伙倒卖打折的图书。我帮他联系了一个小区，他们进了小区后在路边铺了块布，挂了条横幅，摆上书就开始卖。卖的都是些四大名著之类的打折书，这种小生意赚不了几个钱，但小周当时敏捷的思维和大气的言谈举止给我留下了很好的印象。他脑子灵活，学习能力强，接受新事物快。

果然，十多年过去了，小周现已成为省内一家具有一级资质的装修公司的老板，拥有数千万资产。而今年，小周又一次转型，投资千万元做起了互联网家装的生意。那天他打电话告诉我，说他的互联网公司员工队伍已有 100 多人，在省内十多个地市开了家装线下体验店。

我对这几位朋友知根知底，他们都没有什么背景，不是"官二代"，也不是"富二代"，相反，都出身农村，家境一般。他们文化水平不高，都没有上过大学，有的初中都未毕业。但他们进入社会后，不断充电，经常参加一些培训，自主学习力超强，悟性极高，做事执着、果断、有魄力。

我知道，他们的成功完全是自我奋斗、不断学习的结果。

在此，我无意炫耀他们的成功，现实中比他们成功的人还有很多；我也无意阐述赚钱多少与事业成功的关系。我只是借助他们的奋斗经历说明一点：一个人的成功和学历高低无关，但和学习力有关！只要有了学习力，任何时候开始学习都不算晚。在工作中学有所得，学有所用，对一个人的发展尤为关键。

每个人都渴望成功，成功就是达成自己的目标，哪怕这个目标仅仅是赚钱——这并不低贱。相反，当你拥有了更多的财富，你才有能力回报亲人、回报社会，实现自己的社会价值。

比如，周大哥十几年前就已经为老家的村子捐资挖水井，而前段时间我在报纸上看到他又为慈善事业捐款 10 万。小赵读 MBA 时，在同学联谊会现场曾捐款资助了数名贫困学生。小赵现在公司的使命——"帮助天下好人一生平安"，更让人敬佩。小周生意做大后，许多亲戚、老乡投奔他，跟着他一起干……

人生的舞台上，不只你在学习。当你走进某个培训班，你会发现那些企业老板、总经理们求知的身影；当你看看周围，你会发现那些事业有成的人一般都步履匆匆……几乎所有的成功人士的共同特点就是"爱学习"。学习力就是竞争力，你拥有的知识、经验、能力越多，你就拥有比一般人更多的机会，你就离成功更近一步。

反观自己，在学习的道路上一路磕磕绊绊，并无太多的亮点。

中学时由于英语学得不好，只好选择进了一个中专学校。先是去新疆实习了一年多，后来来到济南打工。那时自己年轻，不知道学什么，身边也没有人指点，荒废了几年的青春时光。幸好在二十四五岁时有所醒悟，开始自主学习，利用业余时间先后读完了大专、本科，考出了执业企业法律顾问、心理咨询师证书，成为了高级企业培训师……这协会、那协会的也参加了不少。虽无建树，倒也聊以慰藉自己少时学习不努力的遗憾吧。

学习有什么用处呢？我坚定地认为：学习可以改变命运。

回顾自己的成长经历，自己职业上每一次转折都是持续学习换来的机会，每一点成绩都是学习成果的兑现。当然，这中间一定离不开领导的培养、同事的帮助。机会是留给有准备的人的，如果不是自己因学习打开了思维、改变了行动，纵使别人想帮你，你也是"扶不起来的阿斗"，一事无成。

与成功人士比，我的这点成绩确实微不足道。但如果与过去的自己比，应当说是有一些进步的。所以，我们有时可以这样反思自己：今天的自己比昨天有没有进步，如果有，又进步了多少。今年的自己比去年有没有进步，如果有，又进步了多少。心中常怀追问、常怀反省，方能督促自己不断学习、不断进步。

学习是自己的事，你可以选择学习，也可以选择不学习。但也许就在你喝酒逛街的时候，在你早早入睡的时候，在你想想又放下的时候……你的老乡、朋友或者竞争对手，正在争分夺秒地学习。于是，在不久的将来，当你再次遇到他们时，你会惊讶于他们的谈吐、思维以及取得的成就，甚至感叹你与他们之间的差距咋就这么大了呢！

学习一定会给你带来改变，前提是你愿意学习。学习不是每天不停地在电脑、手机上刷屏，读取一些人人都在看的信息；不是把自己当作先知，将刚在报纸上看到的新闻讲给别人；不是整天怨天尤人，抱怨自己生不逢时；不是像小时候那样"啃书本"，成为"书呆子"；不是人在这里，而心在别处……成年人的学习，应当是"用以致学"，应当本着"缺什么，补什么；用什么，学什么"的原则，有针对性地、有选择地和有重点地去学。

处处留心皆学问。只要你有一颗爱学习的心，一档电视节目、一次聊天、一场报告、一本书都能让你学到有用的东西。

谁又能说这不是学习呢？

请加入到学习的队伍中来吧！

▶ ▶ 你会紧张吗

在一次培训课上，其中有个环节要求学员依次上台试讲，轮到一位身材魁梧的兄弟上台时，明显看出他很紧张："大家好，我叫……"他介绍自己名字时竟然卡壳了，停顿了五六秒，而接下来的动作更让人捧腹大笑，只见他慌乱地用手拿起胸牌，低头看了一眼上面的名字，这才报出了自己的名号。

那么，你有没有经历过这种情况：参加会议或者站在演讲台上，你心跳加速，手心出汗，心中想着千万别紧张，但却偏偏紧张得不行。等到一张口，声音颤动，想说的话说不出来，即使说出来也词不达意。

平时看着特别稳重的一个人，为何一到重要时刻就会"掉链子"呢？要知道，为了那个重要时刻，你已经辛辛苦苦地准备了无数个日夜。但是事与愿违，一到临场，话说着说着，下半句却怎么都想不起来了……你一瞬间的"卡壳"推翻了之前无数次的努力！为什么会这样？其实，这都是因为紧张所致。

那么，怎样才不会紧张呢？不妨试试以下方法。

从行为层面，不妨面带微笑。当你感觉到紧张时，试着扬起嘴角，保持微笑。当你微笑时，大脑接收的信息通常都是积极的，并且能使身体处于放松和满足状态。从内心深处，要传递积极信号。当你感觉到紧张时，试着自我鼓励：我已经做好了充分的准备，接下来的事情一定会顺利进行。

缓解紧张情绪，还要追根溯源，找到自己紧张的原因。是因为第一次面对吗？那就勇敢上前，在行动中完善。是准备不充分吗？那就下次加倍努力，好好准备。是顾虑"面子"吗？那就调整心态，别太把自己当回事。是担心结果吗？那就别想太多，注重过程体验。有句话叫"熟能生巧"，平时多积累、多练习，用时自然就顺理成章了。

当你紧张时，尝试着用积极心态去填充它，用实际行动去挤占它，让它无处可藏，无路可走。你一定可以做到！

▶ ▶ 怎样说话

有一次，我在家里看一档歌唱选秀节目，节目中，评委席上的蒋大为对选手说："唱歌的秘诀其实很简单，你只要把字唱全了就好听。"

蒋大为解释："打个比方，比如'你挑着担'，'你'的拼音是'n''i'，'挑'的拼音是't''i''ao'，你要把这些字的声母和韵母都唱出来，唱不全就不好听。"说完，蒋大为还现场示范，演唱了几句。相比选手，蒋大为"把字唱全了"果然更好听。

看完选秀节目我在想，"把字唱全了"就能把歌唱好了（当然不能五音不全啊），那么"把字说全了"是不是就能把话说好呢？

想到这儿，我马上说了一句话，说的时候尽量把字的声母、韵母读全。你别说，自我感觉还真不错，显得抑扬顿挫、声情并茂。

我开始对怎样说话产生了兴趣，回想自己和身边的人在某些场合说话时确实有过囫囵吞枣般的感觉，吐字不清楚，话说得不明白，让人听着没有底气。

底气！想到这里，我心里一动，既然自己看到了这些问题，那么能否用一种方法改变它？除了把字说全，还能不能把话说得有底气？

我这样理解，底气就是说话时要稳重，说的话要接地气、站得住脚。怎样做到呢？我想了想，给出一个答案：说真话。说真话，才能心里有底、脚下有根，才会让人觉着踏实、可信。

我顺着这个思路继续走，有了底气就能把话说好吗？还有别的要求吗？

中气！我想，一个人说出来的话要洪亮、干脆，不能拖泥带水，这有点类似武术中讲的气沉丹田。气是从丹田发出而不是从嗓子眼挤出，一定会让人听着坚定，有力量。

底气、中气，还真有点意思，那么还有别的吗？

语气！我脑子里又冒出了这个词汇。怎么理解呢？语气就是不同的说话腔调。大家知道，当面对不同的人说话时，我们会用不同的腔调，比如你和孩子说话时语气会很柔和，但若面对成年人也这样说就会让人觉得矫情。这就是语气。

看来，同样一句话用不同的语气说出来会有截然不同的效果。我有些兴奋，想到了一个小游戏。8 岁的儿子正好在身边，我有了一个主意：让儿子当听众，把"你真坏"这句话用不同的语气说出来。

第一次，我用了很生气的语气。第二次，我用了很轻松的语气。到第三次时，我用了很羞涩的语气，而且还加了个兰花指，故意扭扭捏捏的。我的表演逗得儿子咯咯大笑，在床上乐得前滚后翻。

乐完了，我问儿子："刚才听我说的三句同样的话，有什么不一样的感觉？"儿子说："第一句像对敌人说话，第二句像对家人说话，第三句……"儿子想不出用什么词来表达。我说："是不是像对爱人说的话？"儿子笑起来，说："有点像电视里面演的那样。"

我进一步想：一个人要说真话，尽量不说假话、空话，这样才能有底气；说话要气沉丹田，不要飘忽不定，这样才能有中气；说话要用不同的腔调，这样才能有语气。

有的人虽然把话说得字正腔圆，或者左右逢源，但细细品味，有些是假话、空话，丢了底气。有的人尽管不说假话，底气十足，但发出的声音细若蚊蝇，没有中气。还有些人虽然有底气、有中气，但语调平淡，词不达意，没有语气。

底气是脚下有根，中气是气沉丹田，语气是字正腔圆。看来，要想把话说好，底气、中气、语气三者缺一不可啊。

如果不信，你也试试吧。

▶▶坚持的力量

最近读到一个故事。

一对夫妻遇到了车祸，被送进了医院，结果男人醒了，女人却陷入昏迷。医生告知男人：你妻子没救了，就算活过来也是个植物人。男人深深爱着妻子，他跪下来请求医生救救妻子，哪怕妻子成了植物人，他也接受。接下来的几个月，男人接到了无数次的病危通知，但女人竟一次次挺了过来。

一天，男人忽然发现，妻子的腹部微微隆起。医生给女人做了检查后，也大吃一惊，原来女人的腹中有个胎儿，已经四个多月了。男人不禁又喜又忧，妻子还能做妈妈吗？

不料，医生告诉他，说女人随时有生命危险，孩子肯定也保不住。男人再次请求医生，哪怕只有一丁点的希望，也要救救他的妻子和孩子。接下来的日子里，男人衣不解带地照顾妻子，但妻子始终没有醒来，甚至屡次出现危机。幸好孩子有着顽强的生命力，一直正常地发育着，直到平安出生。这是一个健康的男孩，哭声特别响亮，似乎是为唤醒妈妈而来。

从此，男人一边带孩子，一边照顾妻子。男孩在妈妈的病床边慢慢长大，学会了叫妈妈，甚至还学会了照顾妈妈。渐渐地，女人的身体状况有了变化，只要听见孩子的声音，她的眼皮就会动一下。就在孩子两岁时，女人终于醒了……最初，男人只是想挽留妻子的生命，没想到竟然留住了孩子，更没想到孩子竟然唤醒了妈妈……这一连串的奇迹，来源于男人最初的坚持。

在这个故事里，我们看到了两个字：坚持！

当山重水复疑无路时，唯有坚持，才能柳暗花明又一村。回过头来，我们发现，磨难正是生活给我们的考验，或许唯一的机会就在考验你的耐性的最后一刻！

第二季《超级演说家》的冠军刘媛媛，有一段演讲特别精彩：我们必须要承认这个世界是有一些不平等的，但是我们不能抱怨。有些人一出生就含着金钥匙，有些人一出生连爸妈都没有，所以人生跟人生是没有可比性的，我们的人生是怎么样的，完全取决于自己的感受。你一辈子都在感受抱怨，那么你的一生就是抱怨的一生；你一辈子都在感受感动，那么你的一生就是感动的一生；你一辈子都立志于改变这个社会，那么你的一生就是斗士的一生。

的确，人生不如意事十之八九，若选择逃避或轻言放弃，就不会有希望，更不会出现奇迹。事实上，很多人实现不了自己的目标，很大程度上就是少了一种坚持，一种非要把事情干到底的精神。每个人都明白梦想的实现需要努力，然而，有很多人之所以没有实现心中的梦想，就在于多了空想、犹豫，少了坚持。

坚持，一定要有志向。一定要制定合适的目标，才能够合理地安排自己的时间去做事情。所谓成功，就是制定目标并达成目标。

坚持，一定要有意志。成长和前行的过程中总有许多困难与坎坷，我们没理由退缩，要有坚持到底的意志，别让机会溜走。

坚持，一定要有信心。在我们遇到困难感到畏惧甚至想要放弃的时候，不妨问问自己：在此之前，有没有任何一件事情，是你全力以赴地努力了，最后却没有做成的？答案是没有。似乎只要努力过、争取过的事情，从来没有失败的例子。而那些让人悔恨的经历，却多半是退缩、软弱、偷懒、不尽力争取导致的结果。有付出，就有回报。请相信坚持的力量。

坚持，一定要靠自己。刘媛媛在演讲中说，命运给你一个比别人低的起点是想告诉你，你要用你的一生去奋斗出一个绝地反击的故事，这个故事关于独立、关于梦想、关于勇气、关于坚忍。它不是一个水到渠成的童话，没有一点点人间疾苦。这个故事是有志者事竟成，破釜沉舟，百二秦关终属楚；这个故事是苦心人天不负，卧薪尝胆，三千越甲可吞吴！

如果这一刻不坚持，你总相信身后有一步可退，那么，我告诉你，退一步不会海阔天空，你只是躲进自己的世界而已，而那个世界也只会越来越小。

给自己一个坚持的理由，让自己在行动中坚持下去，终有一天，你会见证坚持的力量。

▶ ▶ 我觉得

在电视真人秀节目《赢在中国蓝天碧水间》中，碧水队队长夏华与点评嘉宾任志强的对话情景让我记忆深刻，时常在脑海中回放。

节目中，两队销售体检卡结束后，争强好胜的夏华说："我觉得蓝天队，我觉得你们把一个东西自己圆得特别有道理。但是我觉得没关系，我觉得这个各有各的……"说到这里时，任志强打断了夏华的发言，说："以后说话把'我觉得'三个字取消了，你要是老是'我觉得'的话，别人就不觉得了……"这段对话，夏华约50个字的发言中，"我觉得"共说了四次。

"我觉得"等同于"我认为"，习惯于这样说话的人流露出的是一种自信。夏华女士有资格说"我觉得"，她的依文男装年销售额达几十亿，她做到了为中非国际论坛、北京奥运会、国庆60周年等重大盛事设计制作服装，她还把服装卖给了马云、任志强等商界大佬。尽管如此，任志强那简短的一句话却发人深省：一个人不能老是"我觉得"，这样会陷入习惯性的自以为是。

"我觉得"隐藏着一种以自我为主的强势。我觉得正确的话、重要的话、非说不可的话，在别人听来，真的也觉得如此吗？真的认可吗？你有没有想过这样的问题：你在说给谁听？你为什么说给他听？你说的是他想听的吗？

你在说给谁听？是告诉你说话要有针对性，当面对不同的对象时，会选择不同的话题，会用不同的表达方式。

你为什么说给他听？这就是你说话的目的。你想通过说话向对方传达什么样的信息，以及表达什么样的意图，这些都要考虑好。

你说的是他想听的吗？要讲究说话技巧，即你说的话既是自己想说的，又是听者想听的。

审视一下自己，少说几句"我觉得"，多站在对方的角度去思考、去说话，这样才能求同存异。

你觉得呢？

▶ ▶过程

当你在推进一项工作或完成一项任务时，是不是很想赶紧做完，实现自己期待的结果？但有时你会发现，尽管你内心是多么期待尽快完成任务，可结果总是与你保持一段距离。

是自己不够努力吗？你仔细想想，你正在做的事情有时候和努力无关。无论你怎样努力，结果就在那里，而在它的前面，有一条你必须走完的路径。甚至你越是急于求成，越是会拉长到达那个结果的过程。

当你放平心态，放缓节奏，保持正常的工作、生活状态时，你想要的那个结果竟然不期而至！这样的经历你有过吗？为什么会这样呢？

你应该知道，事物的发展变化是内因和外因共同作用的结果，除了你的主观努力，还有政策、环境、条件等外部因素的影响。实现结果一定是需要条件的，条件不成熟，结果自然就达不到。

这不是你努力不努力的问题，这是一个由量变到质变的事物发展规律。

我们种下一棵果树，悉心栽培，无论你每天浇再多遍的水、施再多遍的肥，这棵果树依然会保持它的自然生长规律，从生长期到开花期，最后才到结果期。不要过程，只要结果，这样的结果是不存在的。

新东方创始人俞敏洪在一次演讲时讲到，他每年都要面试几百个本科生，大部分人都是眼高手低，恨不得上来就当总经理，上来就给他一份全世界工资最高的工作。有的时候，他会试一下说："同学，所有你想要的工作，我这里都没有了，但是我现在有两个卫生间没人打扫，你愿意不愿意干？"几乎不会有学生说，那我就扫吧。实际上，他在拒绝打扫两个卫生间的时候，丢失了一个非常重大的考验机会……没有经历，没有过程，一切不能。

因此，在追求的结果到来之前，我们不要把全部心思放在试图缩短过程上，而是要让自己清楚地把握实现结果的每一个环节，然后在经历的每一个环节上精益求精。最后，你想要的那个结果自然就会到来。

▶▶想起"酒瓶周"

一天晚上，我收到了一条手机短信，短信中说："某酒厂终于向我示好了，果断与我签约合作20年，为酒厂4200平方米的酒博馆增光添彩。当然，我也得到了一年十几万元的经济回报……周青魁。"

看完短信，我立即回复："祝贺周大哥付出终有回报！"

周青魁，何许人也？他是中国烟酒茶文化协会副会长、中外酒器文化协会常务副主席、山东省德州市酒器文化协会会长、中国收藏家协会会员……其人在德州地区乃至中国酒器收藏界，可谓大名鼎鼎，有"酒瓶周"之美誉。

周青魁之所以被称为"酒瓶周"，与他酷爱收藏酒瓶有关。15年前，周青魁迷上酒瓶收藏，自此一发不可收拾，迄今他已经收藏各类酒瓶16000余只，2006年创造了上海大世界吉尼斯纪录，他本人成为全国酒器文化收藏界的翘楚。

"酒瓶周"的名字我早就听德州文化界的朋友说起过，真正有缘相见是在2010年。那年春天，应朋友邀约，我与济南的几位文友一起驱车德州拜访"酒瓶周"。从我们驶上高速开始，"酒瓶周"便不停地用电话引导我们的行驶方向，使我们虽未谋面便已经感受到他的热情。

车子最终驶入一处居民小区，远远地就看到一位个子不高的中年男人站在楼下等我们，同行朋友介绍，这人就是周青魁。记得周大哥那天穿了一件摄影记者常常穿的那种"马甲"，他热情地将我们迎上楼去。

走进房门的那一刻，我惊呆了！一栋两百多平的三室两厅住房，摆放得满满的全是酒瓶！尽管想过周大哥家里酒瓶多，可眼前琳琅满目的酒瓶远远超出了我的想象！

在周大哥的介绍下，我们近距离参观了这一方酒器的海洋。高高的金属框架上，梁山一百单八将、金陵十二钗、十大元帅、飞天神女、十二生肖的造型活灵活现，人物、动物、植物的形状应有尽有，陶瓷、紫砂、竹子、木材、皮革的材质各有千秋，南方、北方、中原、边塞、国外的风情尽收眼底，古代、近代、现代的历史娓娓道来……这哪是一个一个酒瓶，分明是一个一个有关酒的博大精深的主题故事啊。而更让我惊叹的是，这处存放数千只酒瓶的地方不过是周大哥三处存放点之一而已。

通过与周大哥交流，我才知道他收藏酒瓶的这些年，行走得非常不容易。周大哥说，他早年喜爱文学，发表过多篇诗歌、散文作品，硬笔书法还曾在全省获过奖。自2000年开始，他便钟情于艺术酒瓶收藏，为了收藏到好酒瓶，他南行海南三亚、北至中俄边界、东临海疆"天尽头"、西越黄土高坡，以瓶会友，以瓶寄志，凭借超强的意志广开酒瓶收藏之路，其间付出的人力、财力、精力又岂是一般人所能做到的！

为了收进一只好酒瓶，周青魁经常要混迹于市井摊点，或者流连于旧物市场，就连逛商场，他也是尽往酒水专柜跑。看上一件上眼的酒瓶，周青魁有时要向酒瓶主人软磨硬泡，甚至要连酒带瓶一起买下。

有一年临近春节，周青魁在北方地区收了一组瓶子，用箱子打了个大件包，急着运回家。那几天赶上下大雪，汽车站车少人多，他一连问了好几辆长途汽车，人家都嫌箱包太大不让上车。车主说得很明白："人可以上车，酒瓶得扔下。"对于周大哥来讲，酒瓶就是他的命啊，他是决不会扔下酒瓶独自回家的。实在没有办法，周大哥只好扛起几十斤重的箱子，踩着积雪深一脚浅一脚艰难地走到了火车站，最终带着宝贝酒瓶坐上火车回了家。

"酒瓶周"不喝酒！这是我们中午聚餐时，周大哥亲口所说。

这个消息对于我们大家来讲，太不可思议了！一个为了酒瓶舍家撇业的人，一个将酒瓶视如生命的人，竟然滴酒不沾？

周大哥说，他收藏酒瓶纯粹是为了艺术，和酒本身无关。"酒瓶本身具有较高的艺术价值，它融文学、绘画、雕刻、工艺制作于一体，集名山大川、神话传说、民俗风情、历史典故于一身，包含了汉赋、唐诗、宋词、元曲，涉及政治、军事、历史、民俗等领域。酒瓶不仅是无声的诗、立体的画、凝固的音乐、流动的雕塑，又是某一时期社会文化或地域文化的真实写照与浓缩，具有较高的文化含量和独特的艺术价值。"他通过收集酒瓶、研究酒瓶，开阔了视野，增长了知识，陶冶了情操。

多年来，周青魁在酒器收藏道路上累并快乐着。他先后在北京等地举办过酒瓶收藏展，获得如潮好评。他设计的"颜真卿"酒瓶与"德州人家"酒瓶上市后引起轰动，双双荣获中国首届酒包装设计大赛金奖，并获国家专利。新中国成立 60 周年之际，应古贝春酒业之邀，他设计了怀念毛泽东的"典藏"酒瓶。此外，周青魁还设计出了"泉城人家""神舟七号"酒瓶，为德州扒鸡设计"大鸡"酒瓶，为德州禹王亭酒业设计"大禹治水"酒瓶，为北京全聚德设计"鸭子"酒瓶等，这些作品无一不彰显着设计者深厚的酒文化艺术功底。中央电视台等新闻媒体先后对周青魁的收藏事迹做过报道。收藏之余，周青魁还醉心于酒器的研究与整理，先后撰写了多篇关于酒器文化的论文，编著《中外酒器文化图文大观》一书。一时间，"酒瓶周"成为中国酒器文化研究领域的名人，受到业界人士的广泛关注。

盛名之下，其实难副。我多少了解周青魁的心境：其一，他早年内退，仅有的一点收入，远不及收藏酒瓶的付出，上万只酒瓶产生不了任何实质性的效益，甚至连存放、维护酒瓶都成了难题，家人对此颇有微词。其二，被当地政府尊称为"文化小高地""旅游文化名片"的他热情好客，一年到头参观者络绎不绝。一拨又一拨的朋友来访，占用了他大量精力、财力。其三，这么多珍奇酒器，路往何方？归宿在哪？他一直在努力，却一直找不到答案。

周青魁无奈之下，只能四处寻找生机，却屡屡碰壁。他努力把小酒瓶、大文化推向金字塔顶，却始终未能如愿。

世间之事，付出皆有回报。终于，周青魁与某酒厂达成合作意向——上万只珍奇酒器终于有了稳定的"家"。周青魁对酒厂的知遇之恩，颇感慰藉。但是，故土难离，深怀家园情怀的他高兴之余，又深感遗憾，遗憾本属于德州文化品牌的流失，遗憾自己的无能为力。因此在五味杂陈的心境中，周青魁编写了那条告别短信，与相识的朋友挥手再见，走向新的征程。

不管前路如何，"酒瓶周"痴迷酒瓶、以瓶会友的性情不会改变。

最后，献上我写的一首诗《躬身只为一酒瓶》，略表对周大哥的敬仰之意。

五千年醇香/窖藏了征尘/人情微醺/定格成吉尼斯的万种风情//杜康酵粮/仓颉取名/酒走过的心事/置身酒外的人最懂//新朋旧友/有人谈论酒的度数/你度量酒后的人生//酒瓶周/唤一声你的名字/耳畔/回荡着黄河的涛声//行者无疆/你采摘八千里云月/也收集九万里俚风/躬身，只为一酒瓶。

▶ ▶ 在行动中完美

培训课上，老师给每个学员小组布置了实训任务。任务时间到了，只有一个小组没有完成任务。究其原因，老师发现并不是这个小组的人员能力不行，而是他们从领到任务后一直在讨论行动计划，却一直没有付诸行动。

许多人往往就是这样，把大量的精力花费在制订计划上，力图使接下来的行动完美无缺。行动，当然需要思考和计划，但是如果仅仅有计划而迟迟没有行动，再好的计划也会落空。等待完美的过程，让我们错失了最佳的时机，更让我们的不作为有了借口。

市场，不会有无数的机会供你等待；人生，不会有无数的青春让你挥霍！

人不会在等待中成长，但人可以在行动中成长。鼓励自己在做中学、错中学，鼓励学习、分享、提升，鼓励行动。最终，你会发现，你的行动会变得完美起来，你的目标也会一个个实现。

守株待兔的故事中，农夫等待第二只兔子撞上木桩，这样的概率几乎为零。结果是，农夫不但没有等来兔子，反而还荒废了农田。

其实我们可以换个思路来理解这个故事：有兔子撞在木桩上至少证明一件事——这个地区是有兔子的。这时候你如果把抓到兔子作为你的目标，那么木桩旁边的等待就是毫无意义的，因为你只有依靠行动才能找到兔子。怎么行动呢？你要把自己变成猎人，哪怕是最拙劣的猎人，也总会在不断的行动中完善技术，打到第二只、第三只兔子，甚至会打到狼、虎……

行动胜过一切，不完美的行动胜过完美的等待。没有哪件事不动手就可以实现。在等待中幻想成功，只能是痴人说梦。世界虽然残酷，但只要你愿意走，总会有路。人生贵在行动，迟疑不决时，不妨先迈出小小一步。前进不必遗憾，若是美好，叫作精彩；若是糟糕，叫作经历。

一个人行动起来并不代表一定会成功，但敢于行动、敢于直面不足，并不断提升自我，这样的行动注定你未来会成功。

软银集团创始人孙正义，很小的时候就立志当"顶尖企业家"，他一直在为这个梦想行动着。大学毕业以后，孙正义成立了一个公司，他招揽人才，组建了一个优秀的团队。团队中有的人一连五个月没有回过家，有的人一看见方便面就恶心，有的人全靠喝咖啡提神……他们知道，再辉煌的成绩也是干出来的。2014年9月，阿里巴巴在美国成功上市，孙正义被认为是马云之外最大的赢家。因为软银集团持有阿里巴巴35%的股票，这次上市让孙正义获利580亿美元。当初，孙正义以2000万美元入股阿里巴巴，回报率高达3440倍。

在孙正义成就"顶尖企业家"梦想之前，并非所有的行动都是完美的，他也有过许多投资失败的案例。但是他的成功就在于不断行动，坚持行动，在行动中实现完美。

每一个人都曾有过辉煌的梦想，但并不是所有的人都能够实现梦想，书写辉煌。这里面的原因有很多，但有一条，能否朝着梦想切实行动起来，显得尤其关键。没有行动就没有成功，更没有辉煌。

事实上，每一位成功者都为自己的梦想付出过艰辛的劳动。徐悲鸿临摹了三十年中外名家大作，才成就了他的《奔马图》。钱学森为了钻研数学、物理学、空气动力学、系统工程学等理论，整整用了二十余年时间。无数个春夏秋冬，数不清的清晨和黄昏，想成功的人都在行动着……

该奋斗的年龄不要选择安逸，有些事情不是看到希望才去坚持，而是坚持了才能看得到希望。

行动才有一切，行动胜过一切！如果你已经发现了自己的目标，有了自己的梦想，那么就从现在开始行动，立即行动吧！

▶ ▶ 累并快乐着

前段时间很忙，国庆节一天都没有休息，节后也是早出晚归，有时电话顾不上接，短信顾不上回。

忙什么呢？熟识我的朋友都知道，近几年，我主要从事培训工作，重点放在筹办学校上。办学需要场地，这两年反复看了不下十个地方，一直到 2014 年 6 月底才最终确定现在的地方。之后是装修改造期，拖拖拉拉的，弄了三个月才算有模有样。这中间要组建团队，选拔人才。接下来是办公家具、办公用品采购，食堂、宿舍安排，最后是人员进驻等。忙忙碌碌，哪能闲着呢？何况还有其他事情要做，比如前段时间自己实施了一项 30 天成长计划，为了达成心愿，我连续 30 天坚持每天晚上学习到 12 点以后。

累吗？实话实说：很累！身体上累，脑力上更累。大到装修改造方案，小到一个垃圾桶的摆放，事无巨细。大脑更是闲不着，高速运转，考虑学校的审批，考虑培训战略的制定，考虑培训项目的启动，考虑成本和收益，考虑团队分工，考虑员工能力培养，真是事事操心。谁让咱天资愚笨呢，只能靠勤奋弥补了。

那天干活时把腰扭了一下，第二天有些疼，我知道自己年纪确实有些大了，加之平时不锻炼，身体已经没法同热情洋溢的"80 后"比，更没法和朝气蓬勃的"90 后"比。团队 12 个人，平均年龄 31 岁，我的年龄已经排在第二位了。前段时间正忙的时候，父母的身体先后出现状况，让我非常揪心，自己除了抽空回老家看望几次，又能做些什么呢？

我有时也问自己，干吗这么忙，这么累？是啊，简简单单地工作，朝九晚五地干着，不也是一天吗？

思考过后，我在心里有了一个答案：活出价值。

原来，在自己的内心深处，一直有一颗梦想的种子，它关乎理想，关乎事业，关乎生活的质量，关乎自我价值的实现。遇到合适的土壤、水分、阳光，这颗梦想的种子破土而出，发芽，开花，结果。

马云说："年轻人还是有点梦想吧，万一哪一天实现了呢？"活出价值不就是实现自己的梦想吗？不就是想让父母、妻儿生活得更好一些吗？不就是想实现自我的存在价值吗？

我对马斯洛需求层次理论是这样理解的：人的第一层需求是生理需要，即人要吃喝拉撒睡；第二层是安全需要，即人要保证生命和财产的安全；第三层是社交需要，即人要有事情做；第四层是尊重需求，即人要有事业；第五层是价值需求，即人要活出自我价值。

活出价值不以财富的多少来体现，它更看重两点：一、你能成为什么样的人；二、你能成就什么样的人。成为什么样的人，说明你很优秀；而帮助他人、成就他人，说明你更优秀。

每个人都是不可替代的，在潜意识里都有强大的潜能，都渴望成功。同时，每个人要想有所作为，一定需要有人来点燃梦想，助力成长。这就是领导的作用和团队的力量！

这段时间的工作使我深深感觉到，身边有一群志同道合的同事是多么重要。一个优秀的团队，大家的智慧凝结在一起，就是闪闪发光的星星；大家的努力凝结在一起，就是坚不可摧的城墙。

成就别人的同时其实就是在成就自己。

累，不是目的，只是过程。

做自己愿意做的事，做能成就别人的事，累并快乐着。

第二辑

奔跑的青春

▶ ▶你的目标呢

你有没有思考过这样一个问题：明年准备做些什么呢？这是一个很重要的问题。

你是想"当一天和尚撞一天钟"，把日子过得每天都一个样？或者你是想"一万年太久，只争朝夕"，让理想的种子在现实土壤中发芽？

做什么，得看想要什么。想要什么，就是目标。

新的一年，从制定目标开始。

目标是方向，是自己给自己的一个承诺。"明年赚得更多""生活更好"，这样的目标称不上目标，因为太抽象，没有量化。制定目标时一定要具体，是看得见、摸得着的内容。

"明年收入一千"，这也不是目标，因为目标太低。目标制定得还要稍高一点，要跳一跳够得着，有一定挑战性。

目标要具有可操作性，有实际意义，可以根据个人情况分别制定工作、学习或生活方面的目标。

目标要分解，一年的目标可以分解到每个月，每个月的目标分解到每个周，每个周的目标再分解到每一天。这样你每天都有事情可做。

目标制定后，要写下来，让自己时时看得到，随时提醒自己。

目标还要说出来，让周围的人知道。按说制定目标是自己的事，干吗要说出来呢？做不到怎么办？不怕被人笑话吗？这种质疑是正常的——埋头苦干，一心做事，这似乎更符合大多数人的性格。

我们知道，一个人前行的动力并非完全来自于主动，很多时候，外界压力也是重要的催化剂。目标藏在心里，看似低调，实际上等于还没开始做，就已经试图为自己留了余地、借口。而把目标写下来、说出来，只要无关隐私，这完全是一种有效的自我加压方式，更能激发自己"破釜沉舟"的勇气和信心。

不信，你也试试吧。当然，把目标藏起来还是说出来，要因人而异。

有了目标之后，关键是行动。不行动则一切为零。

时间是把事做好的保障。调整自己的生物钟，每天早起床半小时。利用这半小时，可以做几个俯卧撑或仰卧起坐，可以为家人做早餐，还可以避开堵车高峰早到单位……除了早起半小时，还可以晚睡一小时。哈佛有一个著名的理论："人的差别在于业余时间，而一个人的命运决定于晚上 8 点到 10 点之间。"那就照此执行，利用晚上时间，围绕既定目标，可以阅读、创作、思考或干点其他有意义的事。

支配好自己的时间。少在外面吃饭，要吃就请客，要请，就请比自己更有梦想、更有思想、更努力的人，还有曾经帮助过自己的人。

完不成目标怎么办？一定要问这个问题，这其实是在拷问自己做事情的决心。

一个人的行为动机，主要来源于两点：一是为了追求快乐；二是为了逃离痛苦。我们活在世上，当然应该追求快乐，但世事难料，痛苦远比快乐要多得多。因而，一个人逃离痛苦的行动力比追求快乐要大得多。

因此，为了督促自己全力以赴完成目标，不妨给自己预设一个痛苦的惩罚。即，如果完不成目标，你会怎样惩罚自己？这个惩罚一定要够狠，够大，够坚决——迫使你为了逃离这个痛苦，会想方设法地达成目标。

但是，要逃离的痛苦不要牵扯别人。比如"目标实现不了，我一个月不见孩子"——你凭什么让孩子跟你一样痛苦？

要逃离的痛苦也不能"隔靴搔痒"。比如"目标实现不了，我一个月不吃肉"——这样的痛苦忍忍不就过去了吗？

完不成目标就跳楼！哈哈。

这样的痛苦是一种玩笑，但谁又能说现实中没有这样的人？巨人大厦倒下的时候，史玉柱如果没有"置之死地而后生"的决心，怎会有后来的东山再起！

与大人物的目标比起来，我们普通人的目标似乎不值一提。但是，请不要轻视自己的卑微和目标的弱小，因为目标无关大小，你达成了，你就是成功者。

如果一个人真有"置之死地而后生"的决心，还有什么事情做不到呢？

▶▶学会分享

在一档电视节目中，一位年轻人蒙上双眼攀爬 9 米高的岩壁，有的地方甚至接近 90 度的直角，但他不负众望，最终登上岩壁的制高点。

出人意料的是，挑战成功的小伙子并没表现出多么兴奋的样子。他说："当我按响制高点按钮的时候，我没有特别开心，因为我感觉到我的这种成功，如果没有家人的分享，算不了什么……"小伙子一度泪洒现场。

原来，小伙子曾经是一名英语老师，因为酷爱攀岩运动辞去了工作，但是他的举动一直没有得到妻子的支持。

马克·吐温说："悲伤可以自行料理，而欢乐的滋味如果要充分体会，你就必须有人分享才行。"攀岩小伙之所以流泪，就是因为他的成功缺少了家人的分享。

分享是人的一种精神需求。孩子用积木搭好了模型、考出了好成绩，会告诉父母；上班族升职、加薪，会告诉家人；看到好书、好节目，会推荐给身边的朋友；做生意赚了钱，会约上两三知己，把酒言欢……

生活中也有一些人，不愿打开心扉，不愿让别人分享自己的经验、学识、成果，于是我们看到，这样的人大部分时候踽踽独行。

琴师伯牙在荒山野地弹琴，樵夫钟子期竟能领会"高山流水"之意，伯牙将子期视为知音；唐代李白"举杯邀明月，对影成三人"，流露的是诗人月下独酌时的寂寞心绪。

人们遇到挫折时需要安慰，成功时也需要为自己的喜悦找一个出口，释放能量。所以，当有人向你传递喜悦之情，你要认真倾听，热情回应，真诚肯定，去关注对方的心情而不仅是对方的事情。这样的分享会让你得到更多的朋友。

分享是做人做事的一种境界。一个人除了要把自己的喜悦分享给别人，更重要的是懂得分享，使别人也变得快乐，"独乐乐不如众乐乐"。

"投我以木桃，报之以琼瑶"，是一种被动的分享；"送人玫瑰，手有余香"，是一种主动的分享。一个人拥有财富是好事，但如果只为开好车、住豪宅、花天酒地满足私欲，远不如为贫困儿童买一套学习用品、为贫困家庭送一袋粮食奉献爱心得到的快乐有意义。

有时，人性的价值就体现在听到的一声"谢谢"或者看到的一脸笑容，那一刻，会让分享的人感受到爱的伟大，顿悟到分享的美好。

分享是对美好事物的共同拥有。一个普通人除了关心自己，还应关心家人、朋友、同事，帮助他们做些力所能及的事情；一个企业除了创造经济利益，还应关注就业、环保……世界是大家的，只有懂得分享才能真正拥有。

"联想教父"柳传志持股仅0.28%，华为的任正非持股仅1.42%，阿里巴巴的马云持股7.43%，百度的李彦宏持股16%……这些知名企业的创始人完全有资格拥有更多，但是他们深谙分享的真谛，通过"财散人聚"的方式，实现了个人和员工的共赢。

一个不懂得分享的人，可能一开始会走得很快，但是他绝不会走得长远。分享有时是精神的需求，有时是物质的付出，但最终，人们通过分享直抵自己心灵深处，让正能量的种子开花、结果，最终绽放生命的绚烂。

▶ ▶ 等待成本

一个做培训的朋友曾讲过这样一个故事：一位学员告诉培训师，自己一直在纠结是不是该给一个大客户打电话。这个客户是她的一个重要资源，如果打了，她担心人家觉得自己公司刚刚创业，没有实力；如果不打，这个单子肯定就泡汤了。比这个更纠结的是，她已经为这个事情头痛了一个星期，开始失眠，还和家人发脾气，面对客户也越来越没有信心了。

培训师迅速帮她计算了一下等待成本和穿越成本。等待成本：身心俱疲，拿不到单子，影响自己其他业务；穿越成本：身心愉快，主动出击，还有成功的可能，实在不成功，也好集中精力应付新的单子。

这位学员思考了一番，然后走到洗手间，打通了电话，竟然惊喜地听到对方爽快地答应了自己。一个单子就这样轻而易举地做成了！

等待和延迟行动不一样，延迟行动并不一定是件坏事，适当的拖延有时是一种冷静与沉淀。延迟行动最终还是会行动，而等待的结果是不行动。

你有没有这种感觉：明明很想做一件事，可心里一直纠结着该如何去做，要么是担心做下去会出现自己不愿看到的结果，要么是把事情拖延到最后一刻，很不情愿地开始被迫行动。越等待，越没有时间和信心。这种等待的焦虑持续消磨人的信心和能力，直到终有一天完全放弃为止。拥有这种心智模式的人，不管最后一刻能否交出结果，他都会面临一个极度糟糕的境况。

这就是等待的成本。

只有等待而不去行动，你怎能知道结果是好还是坏呢？与其陷入痛苦的纠结中，反倒不如立即行动，哪怕结果并不是你想要的，起码你可以不再为此纠结。找到那些经常能给自己借口的内心对话：今天太晚了，不如明天吧；再不休息太累了；再睡一会才会精神好……然后一条一条击破。

对那些拖延很久的事情，倾听自己的内心，然后不管做与不做，做一个决定吧！

▶ ▶ 不是不可能

　　工作或生活中，经常会听到有人说："这件事太难了，不可能做到。""别去冒那个险了，我觉着不可能。""你说的我不信，不可能。"……"不可能"这三个字出现的频率竟然如此高。当你在说什么什么不可能时，你在潜意识里已开始拒绝对这件事做出努力，你的思维已变得非常消极，岂不知成功正离你越来越远。

　　这个世界上，只有想不到，没有做不到。我们要牢记一句话："办法总比困难多。"古代的人如果一直认为"水不可能倒流"，那就不会发明出抽水机。同样，我们身处当下快速发展的时代，如果一遇到问题就想当然地认为"不可能"，那么这个"不可能"就会成为阻碍我们创新发展的绊脚石。

　　不可能带来的问题，主要是结论提前化，即还没有去做就已经预测了所谓的结果，而这个尚未出现的结果一般是消极的预测。试想一下，当一个人以一种消极的心态去做事时，其成功的概率能有多大呢？不去做，永远不要下结论。事情往往没有你想象得那么难，总会有办法解决。举一个我本人的例子来说吧。

　　那年，我同几个朋友合伙做生意——给一处大型搅拌站供沙。其中一位合伙人是当地人，他已与搅拌站签订了供沙合同。我同另外两位合伙人负责联系沙场购沙和组织车队运输。一切准备妥当，第一天供沙我们都赶到了搅拌站，当时是晚上11点多，装载了100多吨沙子的半挂车已经从100公里外起程。万万没想到在这个关键时刻出状况了，那位当地合伙人突然变卦，向我们提出了非常不合理的要求。眼见事情无法挽回，我们立即终止了与这位当地人的合作。我们付出的代价是当晚沙子原料及运输的成本，还有前期投入的费用。当然，那位当地人想利用、控制我们供沙的企图也落空了。

　　这件事让我们挺窝火，但木已成舟，只能接受。当初基于对朋友的信任，与搅拌站的接触全由那位当地人操作。眼看到手的生意突然做不成了，大家都很失落。

第二天早上，我稍微冷静下来，心想：事已至此，埋怨已经没用了，但生意还做不做呢？打电话征求其他两位朋友的意见，他们认为这个生意已经"不可能"。我却不想放弃，毕竟沙场和车队我们已经找好，而且供沙价格对我们来说的确有利润可赚呢。"不是不可能，只是暂时还没有找到方法。"我突然想到了这句话，它的意思是所有的问题总会找到解决的办法。想到这，我打消顾虑，积极去想解决的办法。很快，我便想到一个主意：抛开那位合伙人，我们自己去找搅拌站，谈谈试试。

我同一位朋友来到搅拌站，打听到站长办公室，见到了站长本人，先问了问对我们那车沙子的评价，站长说沙子质量很好。接着我追问站长："我来供沙行不行？"站长说："只要沙子质量好，谁送都可以。"我说："那咱签个合同吧，价格按原来的执行。"

就这么简单，不到半小时，我就与站长签订了供沙合同。

一个善于找方法的思维帮助我做成了这单生意，这要得益于我的学习体会——做事情之前不下结论，一切先以积极心态去试试，去行动。而我不断应用此法的经历证明，绝大多数都能成功。

这种找方法的思维习惯还让我有了更大的收获。一处军用机场搬迁，新址建设工地挨着那个搅拌站不远。有一天，我劝说其他两位合伙人去机场工地推销我们的沙子。朋友说，机场建设工程这么大，我们又没有关系，这件事压根不可能。而我则坚持去试试再说。就这样，我们以试一试的心态找到了负责机库建设的施工方，没想到施工方因机库对混凝土质量的严格要求，正缺少优质沙子供货商。很幸运，我们又与机场签订了供沙协议。

在工作或生活中，当我们遇到困难或问题时，不要先入为主，不要凭经验下结论——不可能。很多时候，由于你本人知识、能力的局限性以及周围环境的变化，你赖以凭借的经验不会那么准确。

"不可能"带给人的是找借口，凡事找借口，便会让失败有了诸多理由；"有可能"带给你的是找方法，凡事找方法，一定会让成功有了捷径。

将注意力的焦点永远集中在找方法上，而不是放在找借口上。即使遇到再大的难题，也要在心里默默地告诉自己：不是不可能，只是暂时还没有找到方法。

▶▶征服什么

在路上开车，收音机里正在播放的谈话节目，引起了我的兴趣。

"现在有人动不动就说要征服高山、征服险滩……"主持人感叹，"人家高山、险滩一直就在那里，你征服什么……"

"征服什么?"主持人的话引起了我的思考。

翻阅一些书报，"征服××"的句式随处可见，以"征服"为名的网络游戏、影视剧、音乐作品屡见不鲜。

那么，"征服"是什么意思呢?

查阅新华字典，"征服"的其中一个解释是"用力制服"。原来"征服"和武力有关啊。

我马上联想到了战争，战争总是以一方征服另一方为目的。

古代，曾经以"世界主人"自诩，显赫一时的罗马帝国，战争铁蹄四处践踏，但从公元3世纪以后急剧没落，终致覆亡。

近代，德、意、日三国野心勃勃，悍然发动侵略战争，逞一时之勇，但最终仍折戟于世界反法西斯阵营。

"哪里有压迫，哪里就有反抗。"哪里有征服，哪里就有反征服。这样看起来，使用武力并不能真正征服他人。

人类的这种"征服情结"可能与早期同自然相搏及部落争夺有关。通过征服，人类得到了短暂的愉悦和利益回报。随着物质文明的发展，"征服情结"愈发"血脉贲张"，人类往往为自己的征服披上勇士、英雄的道德"马甲"，成了挑战困难、磨炼意志的正义之举。

进入现代社会，人们最爱说的就是"征服自然"——对极地探险、飞跃黄河、高空走索、登顶珠峰之类的惊险刺激场面趋之若鹜。一旦成功，外界总会给他们冠以"征服者"之名。

在此，我丝毫没有不尊重那些甘冒生命危险进行科学考察或者艺术表演的人们的意思。我只是对于这样以"征服"为名泛滥成一种现象的好奇：这些人到底征服了什么？

我从媒体上看到过这样的报道：攀登珠峰已经成为一项奢侈的游戏。登山者除了体检过关外，还要交 28 万元的"门票费"。如果想要多吸氧气，还需另外付费。氧气大约几千元一瓶，当高度升高到 8000 米后，氧气每瓶大约在一万元，每位登珠峰者大约需要四五瓶氧气。

掺杂了利益的攀登之路，还能有攀登意义吗？

面对祖国的锦绣河山，我们去欣赏、敬畏而不去征服它，不也是人类对自身的珍爱吗？遗憾的是，人们以各种欲望为借口"前赴后继"地向自然进军。于是我们看到，几百年长成的林木在电锯前轰然倒地，几千年的冰川脆弱得经不起人类的一声咳嗽，几百万年繁育的物种濒临绝迹，数十亿年龄的地球母亲满目疮痍。

试图征服自然的人，最终还是被自然所征服。自 1953 年人类第一次登顶珠峰以来，已经有数百人因攀登而丧生。

意大利女探险家卡拉·佩罗蒂独自穿越了塔克拉玛干沙漠后，面对沙漠郑重地跪下，静默良久。在回答记者提问时，她说："我不认为我征服了沙漠，我是在感谢它允许我通过。"

是的，大自然沉默寡言并非是软弱可欺的象征。近年来，气候变暖、沙漠化、雾霾及灾害事故频发，就是大自然给人类提的醒，它希望同人类和谐相处，实现双赢。

值得欣慰的是，人类在品尝过大自然留下的苦涩之果后已经慢慢觉醒。

与世间万物和谐相处，相互依存，这才是人类真正的征服。

▶ ▶ 初音未来

你听过网络版的"甩葱歌"吗？你知道这首歌的演唱者"初音未来"吗？

你以为"初音未来"是一位新生代美女吗？呵呵，"初音未来"不是人，她是一款被人格化的虚拟的电子歌手，是人类历史上第一位不会呼吸的明星。2007 年，"初音未来"在东京新木场的庆生会上首次露面，近年来在世界各地连续举办大型演唱会，已经成了真正的"世界级偶像歌手"。

你认为这个虚拟的演出者，会随着人们新鲜感的衰落而星光暗淡吗？当你知道，数百位艺术家的一颦一笑都已被"初音未来"的大数据整合，成为这个永远 16 岁的少女的成长营养，你认为还有怎样的自然人，能与这看得见的虚幻比试高低呢？

这是科技的力量。亲，机器战胜人类已经不是新闻了。2011 年 2 月，美国国家广播公司电视竞赛节目《危险边缘》，举办了一场人与机器的智力竞赛。挂在竞赛台中央的"沃森"是人类超级计算机，它的两位人类对手——一位是全美相关竞赛连胜纪录的保持者，一位是最高奖金的保持者。最终，沃森战胜了人类对手。

值得关注的是，在沃森通向胜利的抢答中，已经包含了模拟人脑的思维和意识，这说明在科学家的努力下机器大脑已开始具备人脑的功能。斯坦福大学的华裔人工智能科学家吴恩达，正与谷歌合作构建一个由 1000 台电脑组成的全球最大的电子模拟神经网络。在没有外界指令的环境下，这个人工神经网络自主学会了识别猫的面孔，甚至还能辨认出人的脸和身体。而欧洲的科学家们正在尝试为机器人建立它们自己的网络，即在这个已经运行的数据库中，机器人可以下载互联网上的信息，自主学习和更新自身的知识，并执行更多样化的任务。

　　在科技的推动下，人类正赋予机器自我学习的能力，这被视为越来越接近人类大脑的思维方式。今天，人脑与电子设备和网络结合的实验，在世界各地的各大高校与企业的实验室里进行着。一些科学家正探索通过在人体植入芯片或者无创的方式，来实现人脑与电子设备的结合。美国著名发明家和未来学家雷·库兹韦尔认为，伴随生物基因、纳米、机器人技术几何级的加速度发展，到2045年左右，人工智能将达到一个"奇点"，跨越这个临界点，人工智能将超越人类智慧，人们需要重新审视自己与机器的关系。

　　2045年，你觉得很远吗？几乎所有的科学家都认为，那个网罗人类、网罗地球的唯一大脑——"全球脑"，已经近在眼前。

　　"全球脑"是怎样的大脑呢？全球所有的计算机、所有的存储器，包括所有的人都将被连为一体，每台机器、每个人都只是这个共同整体的一部分。在这个无所不包的连接体里，每个人将拥有一切，同时，每个人又微不足道。到那时，独立的机器和独立的人都不再有意义！

　　这，就是当今人类所处的电子时代、互联网时代；这，就是今后人类需要面对的科技时代。而这样的科技，是你想要的吗？这样的时代，是你想要的吗？

　　与科学技术日新月异的发展相对应的，是人类正越来越成为"透明人"。你在网络上的每一次点击，你在键盘上的每一次敲击，你发出的每一条短信，你的每一次出行，你的每一次刷卡，都将是你留给这个世界的痕迹。

　　泰戈尔有句名言，"天空没有留下翅膀的痕迹，但我已经飞过"。现在，在这个互联网时期的大数据时代，"雁过无痕"正在变成一个神话，只要你飞过，网上的痕迹便能让你的个人隐私无所遁形。过去人类建构的所有私密空间，都变得不再私密，所有的物理屏障都无法遮挡外部世界。公共空间也变得不再安全。势不可当的网络爬虫们爬进了每个人的生活中，你的行为不会被时间磨损，而会成为善意或恶意的人们通往你身边的路径。

　　技术能给予我们隐私，同时技术也能剥夺我们的隐私。没有隐私的生活，还是生活吗？

　　《网民的狂欢》一书作者安德鲁·基恩说："只有人们保持一定程度的自我隐私，我们才不会丢掉人的核心——人性。"

科学技术是一把"双刃剑"，它每发展一步，都将人类对世界的了解向前推进了一步，同时也将人类向未知世界推进了一步。科学技术愈是发达，人们与未知世界的接触就会越多，人们所遇到的危险或给他人造成的危险也就越多。

有人担心，科技重构了世界，也在毁坏世界；科技治疗了疾病，也在变异疾病；科技增加了就业，也在造成失业；科技创造了财富，也在失去财富；科技带来了便捷，也在淡漠情感。

伟大的人类发明了科技，科技也正在改变伟大的人类。最显著的表现，就是人类的行为越来越依赖于智能网络，而不是人与人的沟通。人性最本质的情感体验正随着科技的发展而呈现衰落态势。

我们通过全息图像技术看到的"初音未来"，是一个身高1.58米、体重42公斤、扎着两个马尾辫的16岁少女，她的演唱会能吸引成千上万名人类歌迷为之疯狂。"初音未来"这一现象，或者可以理解为科技对未来发出的第一个声音。初音响起，后面还会有第二个、第三个、无限不循环个声音，就像她那首《圆周率》。"初音未来"和那些"机器人""机器脑""全球脑"等，代表的是未来科技化，而它们正向我们走近，离我们越来越近，直到走进我们的生活，走进我们的大脑，甚至成为人类的一部分。

会不会有那么一天，我们或者后代，终把自己迷失在越来越高级的科技世界里？

会不会分不清哪是人类，哪是机器？会不会重新定义"人"的概念？也许是我杞人忧天。

今天，我坐在家里一边看纪录片《互联网时代》，一边感叹片子里描绘的未来科技化。身旁，9岁的儿子很认真地对我说："爸爸，我希望科学发展到无人驾驶汽车的时候就别再发展了，不然人就没有意义了。"

孩子眼中的世界也是你我的世界。亲，你怎么看待"初音未来"们的未来呢？

▶▶我理解的互联网思维

"互联网思维"一词愈来愈频繁地出现在各种媒体上，愈来愈频繁地挂在人们嘴上。那么，什么是互联网思维？

提起互联网思维，可能你会想到网站、微信、APP，会想到淘宝、京东等电子商务平台。可能你会动辄讲出黄太吉煎饼果子、雕爷牛腩、江小白的商业故事，或者58同城、去哪儿、航班管家的电商模式，或者小米手机、360软件、阿里巴巴的前世今生……不错，这些是运用互联网思维成功的商业案例。可是，在这些案例的背后，那个看不见又摸不着的互联网思维，到底是什么呢？

我们先来说一下传统商业模式。传统产业一般是这样做的：采供→研发→生产→销售→用户。这是一种线性的链接，在这一过程中，用户是被置于终端的，盈利点是附加在产品上的。比如，采供是为了研发，研发是为了生产，生产是为了销售，而将产品销售给用户后，整条商业链基本就结束了。

再来说一下互联网模式。互联网模式不是对传统商业模式的颠覆，而是对其解构后的重组。这是一种环形的链接，在这一过程中，用户被放在了中心，一切以用户为中心，采供是为了用户，研发是为了用户，生产是为了用户，销售是为了用户，价值传递到用户后并不终结，而是持续反馈到相关的节点。

那么，互联网免费模式的盈利点在哪里？很多时候，它的盈利点不在产品上，也不在硬件上，而是将产业链向上下游延伸，形成了一条拉长的价值链。盈利点往往附加在价值链上的其他产品上，附加在增值的服务上。

需要说明的是，思维本身是不分传统或者现代的。运用思维解决商业问题呈现的具体方式才是我们想要的结果。今天人们所说的互联网思维在传统商业模式中也在应用，只不过因为有了互联网的助力，使得这些思维焕发了新的活力，产生了更大的价值。

互联网思维不是互联网，互联网只是实现互联网思维的一个载体；互联网思维也不仅仅是电子商务，电子商务只是实现互联网思维的一种形式，传统企业照样可以运用互联网思维。

互联网思维的内涵至少包括以下几点：

用户思维。当今互联网时代，你做企业如果还把思维定义在什么产品为王、什么渠道为王、什么现金为王，都统统过时了！58 同城自己有产品吗？小米手机到你手里用了几级渠道？阿里巴巴起步何曾有多少创业资金？互联网时代，是用户至上！你的产品、渠道、销售、服务等一切，都必须源自于用户需求，必须围绕用户需求来设计。这两年，就连传统企业的代表海尔，都在打破固有的金字塔模式，开始采用"倒三角"管理模式了，你还在互联网思维面前犹豫不决吗？

平台思维。无论是苹果手机还是小米手机，除了技术研发，那些配件、组装等"脏活累活"全部交给了代加工。你下载航班管家软件，打开后可以查询航班信息，订购机票，还可以实现订酒店、报旅游团等延展服务。其实航班管家不过是一个网站，它提供的所有资源全是整合来的，它只是搭建了一个平台而已。最能体现平台属性的，自然是马云的淘宝。2014 年"双 11"，淘宝交易额突破 570 亿。但你想一下，马云做了什么？他生产过一件自己的东西吗？他卖过一件自己的商品吗？没有！他只不过为卖家和买家搭建了一个交易的平台。

体验思维。当今时代，做餐饮不再是简单地吃饭，你看黄太吉、雕爷牛腩卖的就是就餐体验；江小白的青春小酒更是一反常规，让你"喝的不是酒，喝的是寂寞"。黄太吉主打煎饼果子，一年卖 500 万；江小白三两款小酒，一年卖 5000 万；雕爷的牛腩菜馆，满打满算也就是 12 个菜，而且还各种茶饮免费喝、泰国香米免费吃、越南鸡翅木的筷子吃完免费带走。他们不追求大而多，只追求极致的用户体验，创新品牌营销。

小米的手机营销，先是利用微博效应引爆卖点，再用微信圈彼此口碑相传引起重复消费，辅之以搭建米粉互动论坛，交流用机体验，最终实现了从一代机到二代机、三代机、四代机的持续推机传奇。

以培训行业举例，以前只要能讲别人不知道的知识就可以赚钱，但在互联网时代，各种优质资源随手可得而且还免费。你的培训课怎么突破？你只能更强调用户体验，如果你不能让用户参与进来，并且产生实际提升效果，那么这样的培训机构生存空间将会变得越来越小。

互联网思维，除了上面讲的几点，还有免费思维、流量思维等。在我看来，互联网思维就是借助和依托互联网的大数据，对传统商业模式的一种重新解构并组合的创新性的商业思维方式。

互联网的多维立体时代已经到来，这是一个充满变革甚至是颠覆性的时代。互联网可以应用于任何传统经济，传统经济更可借助互联网思维，插上互联网的翅膀实现转型升级，开辟新的发展路径。

➤ ➤ 手机控

在一个活动现场，杨振宁提了这样一个问题："如果把爱迪生请来，在这个世界生活一个礼拜，哪一个东西是他最意想不到的？"莫言接道："手机，我觉得是手机。"

手机，无疑是科技送给我们的绝好礼物。从最早的"肩背电话"到后来的"大哥大"，再到现在的"掌中宝"，手机块头越来越小，功能却越来越强大。今天的手机已经将电话和电脑融为一体，实现了智能化。

手机为人们生活带来极大方便的同时，也在潜移默化影响着人们的习惯。比如，有的人不管到哪儿总要把手机带在身边，否则就心烦意乱；有的人经常下意识地寻找手机，不时翻看；有的人总有"手机铃声响了"的幻觉，甚至经常把别人的手机铃声当成自己的；有的人当手机无法连线网络、收不到信号时，脾气会变得急躁……

那些对手机产生依赖，甚至把手机当成身体一部分的人，往往被称为"手机控"，或者叫"低头族""拇指族"。

只顾低头玩手机，往往带来意想不到的后果。现实中有撞树上的、有撞车上的、有掉沟里的，甚至有人因此受伤、丧命。

无论手机怎样变化，它终究只是服务于人类的一个工具。我们是控制手机的人，不能成为被手机控制的人。

"手机控"带来的最大问题是：沉浸在虚拟世界里，人与人之间的情感交流少了。年轻人回到家，忙着玩手机，面对老人的问话充耳不闻，答非所问；朋友、同事聚会，吃两口饭就低头各玩各的手机，即使抬头交流，也无非是刚从手机上看到的讯息；一天到晚，机不离手，不断地刷微信、微博……

对虚拟世界的专注，势必影响对现实世界的关注。

想想手机没有普及的年代，一家人坐在电视机前说说家长里短，其乐融融；朋友、同学之间信件往来，书墨飘香；大家约好的聚会很少有人中途变卦……

而今天，手机普及的时代，虚拟的感情冲淡了现实的亲情，通讯的快捷失去了通信的幸福……

莫言说："在没有电视前，人们的业余时间照样很丰富。有了网络后，人们的头脑里并没有比从前储存更多的有用信息。"

斯蒂芬·金在小说《手机》中讲了这样一个精彩的故事：手机发送的特殊脉冲信号直接抹掉了人类大脑中储存的绝大部分信息，就像电脑硬盘格式化一样，于是人类瞬间发生了变异，现有的文明也随即崩溃。

小说虽然是虚幻的，但现实中的我们在享受手机便利的同时，身体的确已经成为被手机监视的一部分。任何时候，如果你不关机，就永远在场。手机的全球定位功能、拍照功能等已经可以让你的身体越来越失去私密性。

美国学者保罗·利文森说："我们每个人都梦想进展和成功——向往它的完成就存在于铃声响起的那一段声音中。"如此，谁还轻易放得下手机？

手机从模拟时代的1G网络，发展到2G、3G、4G……技术提升不是问题，而随之带来的人类的心理需求才是问题。

我们在更换手机，手机也在更换我们。手机正在不知不觉中整合我们的资源和时间，改变我们的习惯，影响我们的生活。而我们正渐渐拥有手机型人格，我们已经被手机"附体"。

遗憾的是，对于手机，我们一边在享受，一边在指责，却无奈地离不开。

▶▶ 你读书了吗

朋友，你还记得自己读过的上一本书吗？可能你刚读完正在掩卷沉思；可能你想了很久，也没有想起上一本书叫什么名字、有什么内容；或者虽然想起来了，可那已经是几个星期、几个月或者一年以前的事。

朋友，你还记得准备读的下一本书是什么吗？可能你正在去书店的路上或者刚从网上提交了购书订单；可能你的书橱里还有不少书未曾翻阅；也可能你太忙了，还没来得及想……

根据中国出版科学研究所开展的全民阅读调查，我国国民每年人均阅读图书不到 5 本，远低于韩国 11 本、德国 18 本、法国 20 本、日本 40 本、以色列 64 本的数量。朋友，一年读 5 本图书，你做到了吗？

一名印度工程师写的一篇文章《令人忧虑，不阅读的中国人》，曾红遍网络，他在文中说："我穿过很多排座位，吃惊地发现，我同时穿过了很多排 ipad——不睡觉玩 ipad 的，基本上都是中国人，而且他们基本上都在打游戏或看电影，没见有人读书。人们不是打电话就是低头写短信、刷微博或打游戏——或喧嚣地忙碌，或孤独地忙碌，唯独缺少一种满足的安宁。"

或许，你不同意这位印度人的观点——我用手机阅读也是读啊。

事实的确如此，电脑和手机正在悄悄改变人们的阅读方式。有的上班族会利用空闲时间在电脑上阅读电子书；有的年轻人手捧手机，每隔 10 分钟就刷一次微博或微信，从中获取信息。但更多的人对这种长时间盯着电子屏幕阅读的方式并不认可，认为这种阅读方式既伤害眼睛，又没有那种阅读纸质书过瘾的感觉，这种碎片化、拼接化的阅读并不是真正的阅读。

真正的阅读，是指你和面前的一本书对话，暂时忘记了自我，忘记了世界，通过阅读和作者息息相通，一起感受文字塑造出的那个或快乐、或悲伤、或愤怒、或平和的世界。这一段又一段的文字，摸起来是有温度的，闻起来是有墨香的，看起来是有生命的。这样的阅读才是一段完整的生命体验。

现在的人们，似乎真的没有耐心坐下来，安静地读一本书了。

有人说，现在生活压力太大了，忙得没时间读书。其实，时间挤挤总会有的：午休的片刻、睡前的枕边，或者少逛一次街、推掉一次应酬……读书并非要求你把所有事情放下，只是要求你在读书的那一刻能专心致志。

除非你不识字，只要识字，你就可以读书。读书和你的学历无关，相反，读书能带给你学历不能带给你的东西。现实中有很多人学历不高却事业有成：高尔基学历不高，但成了文学巨匠；林肯小学没毕业，却当上了美国总统；李嘉诚初中未上完，但成了香港首富；比尔·盖茨没有读完大学，却成了世界首富……他们的成功并非倚仗于一纸文凭所包含的有限的知识，而是依靠近乎苛刻的持续读书和学习。

明代大学者朱熹在《训学斋规》中讲到："读书有三到，谓心到、眼到、口到。心不在此，则眼看不仔细，心眼既不专一，却只漫浪诵读，决不能记，记亦不能久也。"我们可以选择自己的阅读姿态，或随手翻阅，或埋头深读，至于要读到什么境界，那就随心随缘吧。

如果用世俗观点看，似乎现实中白领比蓝领读书多，但如果具体到每一位个体，身处职业底层的工人、服务员中也有许多喜欢读书、热爱学习、勤于思考的人。读书和职业无关，职业却可以通过读书来改变。

读书，不是为了拿文凭或发财，而是成为一个有温度、懂情趣、会思考的人。有的人在餐桌上交换利益，有的人在书桌上交换思想。

同人聊天，有时你会感叹有的人口才极好：一个普通的现象，分析得头头是道；一段简短的话，说得有理有据。这个本事是怎么来的？光有口没有才行吗？古语讲"腹有诗书气自华"，对待读书这件事的态度，决定了读书的深度，而读书的深度决定了学识的厚度，学识的厚度决定了语言的力度。

当下的社会变革带来了繁华，却缺少了让人独处、与另一个自己对话的空间。为了生活而生活总是会让人疲倦，我们都需要有短暂的"关机"时间，让自己只与自己相处，阅读、写作、沉默、狂想……把灵魂解放出来，整理好后重新放回心里。

就把读书当成是馈赠给自己的一生的福利吧。从今天开始，做一个热爱阅读的人。抛开那些现实功利主义，为自己去自由地选一本书，放在你的桌案上、枕头边、手包中、车厢里，放在你目之所及、触手可及的地方。

读书，你做好准备了吗？

▶ ▶ 写什么

前段时间，我的一篇论文获了奖，在与朋友聊天时，聊起写作能带来什么的话题，引起了我的一些思考。

聊写作能带来什么之前，不妨先聊聊写作不能带来什么。

写作带不来名。我们身处的这个世界，信息传播的平台和途径是如此发达，纸质的与电子的媒介遍地都是，能写东西的人比比皆是，而真正出名的屈指可数，莫言只有一个，韩寒只有一个。更多的写手们即使偶尔发表几篇署名作品，也不过是沧海一粟。写东西出名？难。

写作带不来利。对于大多数业余写作的人来说，按千字 30 元到 100 元的稿费标准，一年累积发表的作品，最多也不过千八百块稿费。写东西发财？难。

相反，写作有时候还会带来一些麻烦。比如上班族，如果你经常写东西，说不定同事和老板会对你有些看法，认为你不好好工作、爱出风头。其实，这要从两方面来看，有的人或许会在上班时写一些与工作无关的东西，而有的人写的东西或多或少与工作有关，甚至有的人在写作中会产生很多奇思妙想，从而开创工作新局面。

一个人真正满意的作品大多是在独处的时候写出来的，在人来人往的办公环境下是写不出来的。至于爱出风头的说法，写东西的人一般来讲性格较为内向，他们追求的更多的是一种内心世界，都会有些淡泊名利，有何风头可出？最多是利用周末参加一两次的笔友聚会，穷开心罢了。

为何写？

就像有的人喜欢玩电脑游戏，有的人喜欢唱歌，写作也是写作者的一种兴趣爱好，多是有感而发，谈不上什么深远命题。

对于个人而言，写有什么好处呢？大概因人而异。有的人是感性地写，写能带来快乐、充实，是用文字来抚慰心灵，是自己与自己的对话；有的人是理性地写，写能把自己的思想用文字固化下来，能把自己的经验提炼出来，写的过程中会不时迸出新的想法，这也是一种学习成长的过程。

写，为了缅怀过往，为了憧憬未来，为了纪念青春，为了净化灵魂，为了认清别人，为了了解自己。很多时候，写的是一种心情，一种心灵物语。

写什么？写你对社会和人生的思考，写打动你的人和事。

从写作形式看，有文学的，如诗歌、散文、随笔等；有公文的，如总结、报告等。

从写作内容看，有的与工作有关，严谨细致；有的与生活有关，轻松活泼；有的与思想有关，振聋发聩。

从写作方式看，有的人是过去式的，在回忆中写；有的人是现在式的，忠实地记录生活；有的人是将来式的，天马行空地写。

从写作风格看，有的人喜欢长篇大论，有的人喜欢短小精悍。写完后有的喜欢放在 QQ、博客上与朋友分享，有的愿意联系媒体力求发表，有的喜欢打印成文指导工作，还有的愿意写完后束之高阁……

怎样写？

写东西要做到想得出路、看得见天、稳得住身、沉得住气、听得进话、耐得住独。"想得出路"是说写作时要有思路，会谋篇布局；"看得见天"是说写作视野要打开，多留意自己和同事的工作、本行业的工作甚至其他行业的工作；"稳得住身"是说写作要"坐"，会合理安排时间写，不能像"小猫钓鱼"那样；"沉得住气"是说当写不下去的时候不要着急，慢慢来，自己鼓励自己；"听得进话"是说要虚心接受别人的意见，更要注意把听到的有用的信息融合在写的内容里；"耐得住独"是指写作是一个人的事，是一件孤独的事，要排除干扰，聚精会神，暂时放下一些业余爱好。只有做到这几点，才能真正写出好文章。

写东西，累并快乐着，没有一定的自控力还真写不出来。

写，一定要写，坚持写。

➤ ➤ 用心

"做事用脑子。"这是我们常说的一句话。

用脑和用心是两个明显不同的层次。用脑是把事情做对，用心是把事情做好。会用脑最多算及格，会用心却可称优秀。

人际交往中，你是否有过这种发现，有的朋友在朋友圈不太受欢迎，大家聚会时都不愿带他（她）玩，认为这个人不实在、爱算计。一个人如果凭借小聪明跟朋友"动脑子"，算计着自己别吃亏，这样一次两次还行，次数多了，相信离被朋友疏远的日子就不远了。

朋友间交往最重要的是真诚。一个人如果用心对待别人，凡事多为别人着想，少为自己考虑，这样的人一定是值得信赖、值得交往的朋友，人缘肯定好，他真的遇到什么事时，大家也一定会愿意帮忙。

你的用心对方能感受到，并且一定会产生正能量的回应。我有一次同朋友吃饭，其中一位朋友是一位40多岁的老总。吃饭闲聊间，我突然发现这位朋友不时摘下眼镜，用餐巾纸擦眼睛，双眼红红的，我惊问他怎么了。朋友说："我正在给一位业务上的伙伴发短信，我被自己的短信感动了。"他的这句话让我震撼不已。

朋友显然是用心了，自己编写的短信居然能把自己感动得流泪。你想一下，收到短信的人怎能感受不到发短信的人的真诚？

几分钟后，朋友收到了对方的回信，等看完了，他又一次感动得抹眼睛。他让我看了他们之间的通信。的确，我从字里行间完全能感受到发信人的真诚。如果只是动脑子琢磨措辞，或许可以做到滴水不漏，但绝不会达到让人感动得流泪的层次。

朋友的事业做得很大，性格也并非多愁善感。但他连发一条短信都用心至此，你说这样的人做事又怎能不成功呢？

用心用到这种格局上，还有什么事情不能通过沟通解决呢？

从朋友交往再延伸一个层面，商业活动是否也存在用脑和用心的差别呢？

根据有关机构的连续调查研究，我国中小企业平均寿命只有2.9岁，而欧美中小企业平均生存年限是12.5年，日本中小企业平均寿命为30年。那么，我国的中小企业为什么如此短命？

中国人是世界上最聪明的人之一。你有没有发现，市场上只要一个好的商品出来，不出一年，到处都是类似的东西。有的生意人的动脑能力太强了，只要能赚钱，什么知识产权之类的早就抛在脑后了。试想，这样的做法怎能让用户满意呢？这样只知依附别人的企业怎能做长久呢？

网上流传着这样一个故事：一封来自德国的信件打破了国内某医院的平静，信中告知医院，医院里面有一排房子是他们公司修建的，如今已经过了70年的使用年限，他们提醒医院注意及时检修。

这个故事很好地诠释了怎样才叫用心做企业。

我们所处的社会已经进入互联网时代，互联网强大的生命力正在不断颠覆传统产业。互联网思维最重要的一条就是用户思维，即一切为用户着想。作为互联网公司，你开发的这款APP是用户需要的吗？你能解决用户什么问题？用户为什么要下载应用？

站在用户的角度而不是企业的角度，一切以用户为核心去做事——这才叫用心做企业。

用脑的人注重对技术性的、细节方面的思考，用脑达到的极致，就是"绞尽脑汁"。尽管你的脑子和身体都很疲劳，但是未必能收到良好的效果，所得到的结果往往是中规中矩之作。

用心更多的是一种态度，是情商的具体体现。用心的最高境界，是"心有灵犀"。设想一下，心和心都能互通了，那么人和人之间发生关联，进而产生结果还不是水到渠成吗？

用脑是劳累的，用心是快乐的；用脑是"学"，用心是"悟"。除了会用脑，更要懂得用心。一个人用心了，会悟透事物本质；一个企业用心了，会持续累积用户；一个民族用心了，一定会长盛不衰。

▶ ▶ 遇到困难

遇到困难，你会怎么办？是退，还是进？

前进的路上，困难的出现不会以人们的意志为转移，它有时大，有时小；有时在明处，有时在暗处；有时在出发的地方，有时在行进途中，有时临近路程终点。

困难是那么讨厌，你一刻都不想见到它，它在你行进的途中制造障碍、麻烦、磨难，让你心烦意乱，甚至你的人生之路都会因它而改道。

遇到困难，人和人总会有不同的表现。有的人选择退却，知难而退，一个转身轻轻离开；有的人选择前进，迎难而上，每走一步都要付出巨大心血。

选择本身没有对错，但是不同的选择一定会导致不同的结果。打个比方，一群人来到河边准备过河，发现河面很宽，河水很急。怎么办？

选择退的人会回到沙滩，走回自己的舒适区，看着眼前湍急的河水，心想："这河不过也罢。"抛开过河的目的不说，这种人可能忘了一件很重要的事：河水会涨潮，涨潮的河水会漫过沙滩，会把他原来的舒适区慢慢淹没。

选择进的人会勇敢面对，跳进水中搏击风浪，凭借顽强的意志游过对岸。这个过程一定充满艰辛，甚至会有风险，但是也一定会有中流击水的乐趣。真正的勇士就体现在面对困难时的不屈不挠、不改初心，当到达成功彼岸时，那一番新天地又岂是后退的人所能感知的！

或许你会说，除了退和进，还有第三种形态——可以绕道而行，另辟蹊径；也可以借助船只、桥梁渡河。这完全可行，但前提是，一定要有可选择的条件，并且条件又完全在你的控制范围中。

选择绕道的人好歹并没有放弃前进，绕道而行从本质上还是进的一种形态。

"牛仔大王"李维斯的创业故事值得我们一读：当年，这位犹太青年怀揣梦想前往美国西部追赶淘金热潮，一条大河阻断了他前往西部的路。苦等数日，被阻隔的行人越来越多，但都无法过河。于是有人陆续向上游、下游绕道而行，也有人打道回府，更多的则是怨声一片。

而心情慢慢平静下来的李维斯想起了曾有人传授给他的一个"思考制胜"的法宝，是一段话："太棒了，这样的事情竟然发生在我身上，又给了我一个成长的机会。凡事的发生必有其因果，必有助于我。"他真的想到了一个绝妙的创业主意——摆渡。没有人因吝啬一点儿小钱不坐他的渡船过河，他人生的第一笔财富居然因大河的挡道而获得。

一段时间后，摆渡生意开始清淡，李维斯决定放弃，并继续前往西部淘金。来到西部，四处是人，他找到一块合适的空地方，买了工具便开始淘金。没过多久，有几个恶汉围住他，叫他滚开，别侵犯他们的地盘。无奈之下，他只好灰溜溜地离开，又换了几个地方，仍然被粗暴地轰走。最后一次被暴打之后，看着那些人扬长而去的背影，他又想出了一个绝妙的主意——卖水。西部缺水，但是没人发现这个潜在的商机。不久，他的卖水生意便做得红红火火。慢慢地，也有人参与了他的新行业。

终于有一天，一个卖水的壮汉趁他不注意，把他的水车砸烂，并威胁他以后不许再卖水。李维斯不得不再次无奈地接受了现实，但他迅速调整自己的心态，再次强行让自己振作起来。他发现来西部淘金的人，衣服极易磨破，同时又发现西部到处有废弃的帐篷，于是他又有了一个绝妙的创业主意——把那些废弃的帐篷收集起来，洗干净，用来做衣服。

就这样，他做成了世界上第一条牛仔裤！由于牛仔裤耐磨耐穿，深受矿工、农夫和西部牛仔们的欢迎，产品供不应求，订单源源不断地涌来。从此，李维斯一发不可收拾，最终成为举世闻名的"牛仔大王"。

选择进是一种态度，怎样进则是方法。遇到困难，我们应当像李维斯那样学会找方法，而不是找借口。找方法，就要开动脑筋，转换思维，立即行动。

当遇到困难时，不要退却，只能前进！路再长，也是一双脚的距离！

▶ ▶ 假如生活欺骗了你

听闻一个不幸的消息：我一位朋友的妻子因家务事想不开，竟然喝农药自杀了！嫂子被送往医院抢救了一个星期，再也没能睁开眼睛，一句话也没留下就走了，生年44岁。

这是我无论如何也想不到的事：朋友夫妻俩从农村来济南做生意至今已有20多年，他们从路边摊干起，到经营店面，一家人的生活越来越好，并且在济南买了房子、车子。一家四口人，女儿已经参加工作，儿子刚上高中，在大家眼中，他们夫妻应该是苦尽甘来、幸福美满的。

离世的嫂子为人朴实厚道，性格直爽，说话大声大语，做事风风火火。她在自家店里既当服务员又当收银员，真是里里外外一把手。我与他们夫妇认识已经十多年了，经常带人去他们的饭店用餐。店面虽然不大，但菜的味道正宗，很有家常味，菜量也很实惠。嫂子每次看见我领着孩子去吃饭，总是先送一瓶饮料给孩子，每次结账，总要推让一番。

这么好的一位嫂子怎么就走上生活的绝路了呢？

从朋友老家的葬礼现场回来，我突然就想起了普希金的那首诗《假如生活欺骗了你》：假如生活欺骗了你／不要悲伤，不要心急／忧郁的日子里需要镇静／相信吧，快乐的日子将会来临／心儿永远向往着未来／现在却常是忧郁／一切都是瞬息／一切都将会过去／而那过去了的，就会成为亲切的怀恋。

生活是什么？是一杯烈酒，还是一杯淡茶？是一条静静流淌的小溪，还是一条奔腾不息的大河？没有人能说得清楚。

生活给予我们的，不只是鸟语花香，还有狂风暴雨；不只是平坦大道，还有坎坷陷阱。

生而且活着，这才是生活。没有了生命，生活便无从谈起。我们不仅要为自己的生命活着，更要为父母、子女活着。面对生活中不断出现的难题，我们必须学会坚强地面对，决不能轻易放弃生命。作家林清玄在《快乐地活在当天》一文中说："人应该放下过去的烦恼，舍弃未来的忧思，把全副的精神用来承担眼前的这一刻。失去此刻就没有下一刻，不能珍惜今生也就无法向往来生了。"

生活中某些不该发生的事情发生了，就不必去追问为什么，更不要逃避，只有坦然地接受。如果一些失败已经无法挽回，如果一些事情木已成舟，如果结局已经注定，那么，请不要一蹶不振，更不能悲观厌世，心中要怀有期许和盼望，坚信一切都将过去。

微笑面对生活，无论生活出现怎样的难题，无论生活埋下怎样的陷阱，无论我们飞黄腾达还是沦落到何种尴尬境地，无论命运之神垂青还是捉弄我们，无论富有还是贫穷，无论健康还是疾病……请保持你的微笑，快乐地生活！

人生旅途中，最重要的不在于你得到了多少，而在于你体验了多少。磨难总是不期而至，但生活正因为有了磨难才充满了挑战。请为生活找到几个坚不可摧的支撑点。有了支撑点，当风暴不期而至时，你仍然可以宁静地站在这里，体验自然；当生活欺骗了你时，你仍然可以悠然地仰望天空，追求星光。生活的每一天都是一次全新的体验，每一天的生活都有喜怒哀乐。

生活的支撑点，最重要的是精神的支撑。精神的支撑可以是三两知己，可以是兴趣爱好……总之，人要有精神的高地，有精神的追求和信仰。精神不倒，生活挺立；精神倒下，生活终结。人们最烦恼的不是生活的艰辛，而是看不到前途。一个人如果没有了追求，就会变成河里的树叶，随波逐流；一个有追求的人，则是河里游来游去的鱼，可以自由地追寻梦想。

假如生活欺骗了你，让你感到委屈和不公，请记住，这也许是生活对你的考验，只要你勇敢地面对人生的种种困厄，经受住了考验，就一定能收到生活的馈赠。

好好活着，好好生活，给自己一个追求的目标，努力去达成它。无论身处何种境遇，找寻并保持精神的支撑点，你就会有足够的信心和能量面对困难，挑战自我，成就人生。

➤ ➤ 别让等待成为遗憾

写下这个题目，源自我看过的一则电视公益广告。

第一幅画面：年轻的妈妈蹲在一个七八岁的男孩面前，一边给男孩整理着衣领，一边说："等你考上大学，妈妈就享福了。"男孩使劲点着头，背着书包蹦蹦跳跳地跑向了学校。妈妈站起身，笑盈盈地看着儿子奔跑的背影……

第二幅画面：妈妈站在高出自己一头的儿子跟前，仰着头用手摸着儿子帅气的脸，说道："等你毕业工作了，妈妈就享福了。"儿子眼中泛着泪花，背起大大的行李包转身离去。妈妈一直站在原地，向儿子挥着手，眼里流露出依依不舍之情……

第三幅画面：妈妈用一双粗糙的手往墙上贴着大红喜字，映出一张饱经沧桑的中年女人的脸，皱纹已经爬满了女人的眼角。妈妈坐到椅子上，远处，一对年轻男女牵手走来，妈妈接过茶水，高兴地说："等你们结完婚，有了孩子，妈妈就享福了……"

第四幅画面：空旷的院子里，大红喜字的颜色还没褪去，一个苍老的女人坐在房门前，目光透过一副老花镜，看着身边一个五六岁的小女孩。女孩拉着老人的手，大声说道："奶奶，等我长大了，就让你享福……"女人慈祥地笑着。

这个电视广告触动你了吗？

对于父母来说，爱就是只要儿女快乐。父母对儿女的爱随着时间推移，从形影不离到放手高飞，慢慢变成了痴痴等待。

"妈，等有时间了，我回去看你。"

"妈，等有时间了，我带你出去好好玩几天。"

……

类似这样的话，很多年轻人都曾对父母说过。其实，儿女们并非不愿回家，不管年龄大小，哪个当儿女的不渴望回家吃一顿母亲做的饭啊！因为那个熟悉的味道，早已根植在儿女的记忆中。但是在紧张的生活节奏面前，年轻人有太多的事情要做，容不得放慢脚步，于是回家吃顿饭竟成了一种奢望。

儿女总是太忙，总有不回家的理由。父母把子女养大成人的时候，也就意味着亲情远离的开始，一年中的那几个传统节日就成了盼望亲情相聚的依托，一代又一代人就这么来来去去。

我们当儿女的回家时往往会大包小包地买东西，认为这样是回报父母的一种方式，希望通过经济上的给予，让父母过得更好一些。但在给予父母物质礼品的同时，却很少能耐心地坐下来和父母聊聊家长里短，了解一下父母的精神需求。年纪大了，父母对物质方面的需求越来越淡，他们更盼望的是多一次团聚，盼望儿女能像小时候那样，把经历的事和关于生活的想法讲给父母听。

亲情在等待中一天一天过去，慢慢地，当有那么一天，你会突然发现，曾经高大的父亲已经矮了你一头，那位动不动就呵斥你的母亲已经听话得像个孩子；你会突然发现，眼前的老人一头白发，走起路来颤颤巍巍，全然没有了当年风风火火的样子……于是，你开始担心父母的身体，你会因看到父母的来电而心情紧张，你会因梦到父母唤你的乳名而突然惊醒……

父母的时间去哪了？就像一首歌中唱的："时间都去哪儿了？还没好好看看你眼睛就花了，柴米油盐半辈子，转眼就只剩下满脸的皱纹了……"时间失去了就不会回来了，哪怕你倾尽毕生财富都无法使青春再现；亲人失去了就不会回来了，哪怕你流尽泪水都无法使生命轮回。"树欲静而风不止，子欲养而亲不待。"珍惜眼前的时间，珍惜给了你生命的人，无论贫穷还是富有，常回家陪陪父母，像爱你的孩子一样，去爱父母吧。

父母在，你的生命就是完整的，哪怕最爱你的那个人已经无法再为你熬粥做饭，无法再为你做任何事。年迈的父母会忘记很多事情，会忘记吃饭，会忘记回家的路，甚至会忘记了眼前的你是谁。可即使这样，他们也从不会忘记你小时候的事，会记得你小时候穿什么衣服，爱吃什么菜，甚至在起身的时候忘不掉塞进口袋一块糖，说要带回家给小时候的你……父母从来没有忘记爱你。

爱父母就多回家看看，别爱得太迟，别让等待成为遗憾。

➤ ➤ 我的新疆情结

"雅大西。"我朝一位中年妇女打了个招呼。

她转过身来。一身蓝底带花的长裙，纱巾包头，眼睛大大的，眉毛又黑又粗，有些诧异地看着我："你是新疆的么？"尾字拖着长音。"我么，不是。"我学着她的发音，笑着用汉语回应，"我在新疆待过几年，会说几句维吾尔语。"听说我去过新疆，维吾尔族大姐高兴地用普通话和我聊起来。她来自乌鲁木齐，是出来旅游的。

几句维吾尔语，把我的思绪带到了那个我深爱着的地方。

20世纪90年代，园艺专业毕业的我，在学校组织下和100多名同学从山东来到新疆吐鲁番，推广无土栽培技术种植蔬菜。第二年，当地又送来60多名维吾尔族青年，加上我们汉族的，男男女女总共有200多人。从建大棚、填沙子到育苗、定植，再到管理、采摘，我们分工协作，携手互助，其乐融融。其中每天必做的一项工作是给大棚拉棉被。

早晨爬上棚顶，放眼四周，上百个大棚顶上，身穿各式衣服的小伙子、大姑娘全都挥臂上阵。大家大声地打着招呼，有的还唱着歌，铆着劲儿看谁先把一百多床棉被拉完。棉被拉开，阳光穿过一层塑料膜照着满棚的绿色，一派欣欣向荣。

到了收获蔬菜的季节，我们每天把亲手种出的黄瓜、西红柿、西葫芦、豆角等新鲜蔬菜装进纸箱，搬上汽车，运往天山南北，成为各族人民餐桌上的佳肴。

我们的集体生活和谐又快乐。维吾尔族人信奉伊斯兰教，饮食中有很多禁忌，我们汉族同事就入乡随俗，改吃牛肉、羊肉。大家在一起不分民族，共用一个食堂，都在一个锅里吃饭，就像一家人一样。维吾尔族同事知道我们远离家乡，总会从家中带来一些民族食品请我们品尝：馕、油果子、馓子，还有一些时令瓜果、葡萄干，我们特别喜欢。休假的时候，维吾尔族朋友有时会带我们去他们家中做客。好客的主人会端上用茶砖泡的奶茶，奉上各种瓜果、点心。有时他们会当向导，带我们去一些景点游玩，给我们介绍新疆文化。我们因此记住了新疆特产的顺口溜："吐鲁番的葡萄，哈密的瓜，库尔勒的香梨人人夸，叶城的石榴顶呱呱。"我们见到了神奇的火焰山、美丽富饶的葡萄山庄和被称为"生命之泉"的坎儿井，我们也爱上了新疆这片承载着千载丝路传奇的土地。

面对热情好客的维吾尔族朋友，我们汉族同事无以为报，只有把自己掌握的蔬菜种植技术毫无保留地传授给他们，有时，也会去维吾尔族同事家的葡萄园帮忙采摘葡萄。

工作之余，大家最爱聚在一起唱歌、跳舞。一些从未听过的新疆民歌被维吾尔族朋友演绎得别有一番风味！我从那时喜欢上了乐器，托维吾尔族朋友从乌鲁木齐买回一把木吉他，没事的时候自弹自唱，和着维吾尔族朋友弹的热瓦甫曲子，大家在一起载歌载舞。

那亲如一家的兄弟之情更令人难以忘怀。记得有一天夜里，我腹痛异常，吃了些药片也不管用，需要马上去医院。住的地方离县城有二十多公里，深更半夜的又没汽车，怎么去？一起住的同学去找了维吾尔族同事，一位叫艾尼的小伙子了解情况后，立即跑去附近的村里，借来了一辆驴车。然后他又亲自驾车把我送到了县城医院，而且一直陪我打完吊瓶又把我带回来。维吾尔族朋友对我的这份恩情让我刻骨铭心。从此，我和艾尼就成了一对好兄弟，经常在一起游玩。

那时去一趟吐鲁番县城，感觉真好。县城不大，人行道两旁全栽着葡萄树，到了七八月份，一串串碧绿的、红的、紫的葡萄挂在空中，随着风儿一晃一晃的，阳光穿过繁茂的枝叶缝隙照下来，丝丝缕缕，扯住了行人的衣襟，让人不由得放慢了脚步。两边店铺里传出百转千回的民族音乐，间伴着时下流行的歌曲，便常有按捺不住的维吾尔族青年和着节奏扭动身躯。饭店里、小摊上烤羊肉串的味道、辣子鸡的香味不时钻入人的鼻孔，沁人心脾……异域情调让人流连忘返！

那时，我们每个月总会去县城一两次，买些日常用品，吃点特色小吃。

我买日用品时总会固定到一家维吾尔族妇女的店铺，一来二去，我感受到了店老板的实在。好几次我带的钱不够了，她都会摆摆手，笑着说："巴郎子，拿去，拿去，下次再来。"自然，隔上十天半月，等我们再到县城的时候会记得还钱给她。维吾尔族女老板对我们的信任让我至今想起来仍感动不已。

在吐鲁番工作了两年多，家乡的亲人也吃到了正宗的葡萄干。每年八九月份，我会叫上艾尼，走进附近的维吾尔族村里，买上一些农户自然阴干的葡萄干，分成若干小份，用布缝起来，通过邮局寄回老家。香甜的葡萄干连起了我和家人的思念，拉近了新疆与山东的距离。

十多年过去了，我至今没有机会再去新疆，但那里的人情往事已深深地烙在了我的脑海里，我始终记得离别时艾尼兄弟说的那句话："我的汉族兄弟，不要忘了我们是一家人，以后有机会再到新疆来，欢迎到家里做客。"

从新疆带回的那把吉他至今陪在我身边，前几天被顽皮的儿子摔了一下，琴箱处裂了一条小缝，但我用胶粘住了，依然能弹响。每当弹起它时，我就想起了新疆，想起了那片美丽的热土和纯朴的人们……

新疆，我的第二故乡！我终生难忘的地方！

▶▶年末盘点

日子过得真快，一转眼就到了岁末年初的节点。

总结盘点一下，你这一年下来，是收获多一些，还是失去多一些？是快乐多一些，还是痛苦多一些？是成功多一些，还是失败多一些？或者，根本说不清楚？

记得年初给自己定了三个目标：工作方面，主要是编写一本教材；学习方面，每周写一篇随笔与朋友分享，累积成一部书稿；生活方面，陪父母去趟北京。现在回头来看，三个目标全实现了。

制定目标是一回事，实现目标是另一回事。对于我来讲，实现目标的过程中也有许多辛苦。比如写随笔，每周一篇，一两千字，说起来不算多大的事，写个几十篇似乎也不难，但难就难在围绕不同的主题，每周坚持写。有时是和朋友谈话的感悟，有时是读书看报的思考，有时真的搜肠刮肚不知从何落笔，但眼看着周一将至，不得不硬着头皮写。好在写作就是这样，本来不知怎么写，可当放好椅子，端坐在电脑前，打开空白文档，敲着键盘，写着写着就有了。这说明仪式感也挺重要的。

一年52周，我写了52篇，多是随笔，有的是感性的抒情，有的是理性的分析，其中也有几篇是生搬硬套的，但基本上是我52周来的心情外现。

回顾今年，我有几点感触：一是制定目标真的很重要。它会让你有一种神圣的责任感，你会觉得每一天的日子都是充实的、重要的。二是行动真的更重要。有目标没行动一切等于零，再伟大或者渺小的目标也需要脚踏实地一步一步行动。三是过程真的也很重要。目标实现固然遂心如意，可在行动中你会慢慢感悟，"坚持"本身的意义也不容小觑，它会磨炼你的性格、培养你的意志，使你变得坚强。四是朋友的鼓励真的不可或缺。这个世界是互通互联的，完全不依靠别人，保持特立独行是很难的，你做的事情，无论成功还是失败，无论朋友是鼓励还是鞭策，一路上总要有人来见证，这就是一个人的存在感。

有时想想，在浩瀚无穷的时光宇宙，我们每个人不过是小到无法再小的一道流星，呼吸间生命一闪而过。既然如此，我们还有没有存在的价值？我们存在的价值在哪？

其实，即便是灿如流星或光若萤虫，那广袤的夜空总会留有我们一闪而过的轨迹，总会带给我们千滋百味的现实体验和无穷无尽的向往。

我思故我在，我们的存在就是我们的价值。

选择以怎样的形态存在，则决定了我们价值的大小。我们不苛求生命的长度，但一定要追求生命的宽度，让那一闪而过的星光轨迹更亮、更宽，在照亮自己的同时不妨照亮一下别人；我们不苛求人生的高度，但一定要追求人生的厚度，让我们的身心把现实的酸甜苦辣咸都体验一把，过把瘾，不虚度，不枉过。

时间不是我们的主人，我们也不做时间的奴隶。时间就是时间，它是一个名词，也是一个动词、一个介词，或者更像是一个平台。每个人就站在它的台上，它给予每个人在台上表演的机会都是均等的，生不是它的功，死也不是它的错，它不会哭也不会笑，它不会等也不会催，它不去承诺也不去表白。

至于表演什么，表演成什么，一切由着你来。

第三辑

快乐的青春

▶ ▶ 助人为乐

看到"助人为乐"这个词，你有没有感觉它很眼熟，或者感觉"老土"？是不是已经很久没有说过了？

乐善好施、助人为乐，这是中华民族的传统美德。每当有人遇到天灾人祸或自身难以解决的难处时，便有热心者鼎力相助。

年纪稍大点的人一定记得，20 世纪八九十年代，人们几乎都会唱《学习雷锋好榜样》这首歌。帮助军烈属扫地抬水，帮助老人过马路、扛东西之类的好人好事司空见惯，而且那时做了好事还不留名，问名字，往往回答一句："我叫雷锋。"

我印象较深的一次助人为乐的事，是上初一那年夏天，家乡大旱，水井里打上来的全是泥汤，庄稼地里的玉米不断枯死。这时候，我们学校发起了一场助人为乐的活动——帮助一户军烈属浇玉米地。

从学校那口一百多米深的井里抽上水，每两个学生一组用一根木棍抬着水桶，就这样徒步走数公里，一直走到军烈属的玉米地把水倒下，然后再原路返回。

三伏天，学生们热得满头大汗，但即使这样，大家竟然舍不得喝一口抬着的凉水。几百只水桶绵延不绝，大家就这样用近乎"杯水车薪"的举动，诠释着"助人为乐"的精神。

那个时候，社会上助人为乐的风尚广为发扬，不论地区、亲疏，一人患难，众人相帮。做了好事别人说声"谢谢"时，回答的多会是"不用谢，助人为乐"这样的话。那个时候，助人为乐的事几乎人人都做过，助人为乐的话几乎人人都说过。

现在生活条件好了，富裕了，虽然还是会有一些助人为乐的事，但"助人为乐"这个词很少再听到了。

社会整体价值观的改变总是先从行为上显现的，"助人为乐"一词的弱化反映出了人们在帮助别人时心理上的变化。现在的社会，好像不那么单纯了，人们总是怀疑这怀疑那，不光是扫地抬水这样的小事看不到了，就连身边有老人倒地了、孩子被车撞了，这样性命攸关的大事也很少有人伸出援助之手。

有人只愿意索取，不愿意奉献；只想着利益交换，忘记了助人为乐。生活中，一旦帮助了别人，就要求人家时时挂在嘴上、记在心里，一旦哪天被帮助的人做了不合自己心意的事情，就痛骂人家忘恩负义。

记得有个故事，讲的是一位小伙子遇到困难时，去找他曾经帮过的人求助，结果转了一圈一无所获。后来他又去找曾经帮过他的人，结果是那些过去帮过自己的人依然愿意伸出援助之手。

这个故事说明，出于什么心理帮助别人这点很重要。如果一个人是为了回报才去帮助人，那么他一定是这个世界上最不快乐的人；如果一个人帮助别人是不求回报的，那么被帮助的人哪怕给予一点点的回报，都能带给他意外之喜。

这个世界终究是人和人的世界，没有人富有得可以不要别人的帮助，也没有人穷得不能给他人帮助。人家帮我，永志不忘；我帮人家，莫记心上。乐善好施，助人为乐，成就别人，既是对人好，也是对己好。

行善因积善果，一个人在为别人默默付出许久后，不期然间，总会有这种或那种的福报找上门来，不在当下就在将来。

▶▶培养爱好

有时跟不太熟悉的朋友聊天，我会问对方："你有什么爱好？"多数人会摇摇头，说一句："工作太忙，哪顾得上什么爱好。"

爱好，是对某一事物的喜爱。"爱好"一般同"兴趣""业余"等词联系在一起，这似乎说明"爱好"在生活中没那么重要。因为无论是体育运动还是休闲娱乐，不论你喜爱或者不喜爱，太阳照升，生活依旧。

爱好虽然无关生活的长度，却关乎生活的宽度。体育运动让你强健体魄，休闲娱乐让你放松身心……这些爱好都会给你的生活增添情趣，使生命的边缘更宽广。当一个人对生活有兴趣的时候，就会觉得心情愉快，生活丰富多彩，这不正是爱好带给人的积极作用吗？

我的爱好较杂，说得好听点叫兴趣广泛吧，呵呵。小学、初中时喜欢读武侠小说，金庸、古龙、梁雨生、陈青云的小说看了不少，也读过琼瑶阿姨的几本言情小说。从小学到初中，我读过后标记在日记本上的武侠小说累计有50多部。大侠没当成，眼睛却看坏了，成绩也下滑了。

从初三到中专时我喜欢吹笛子，手持一支竹笛，对着歌谱自己摸索。后来吹得有点模样了，但凡我听到的旋律，立马能用笛子吹出来，并用笔写出简谱。上高中时我对笛子近乎痴迷，每到课间，我总会在楼道里吹上几曲，总能引来同学们的关注。那时农村条件不好，估计要是有个老师教，我说不定真能吹出点名堂。

中专时我还爱好下象棋。为了提高棋艺，我经常对着棋谱研究。平时学习任务紧张，我便在午饭或者晚饭的空间，找几位同学摆摆切磋，经常是吃几口干粮，走一步棋子，有点废寝忘食。参加工作的第一站，我到了离家数千里的新疆吐鲁番，在那里我买了把吉他，自学了一些简单的弹唱。晚上没事，我总会抱着吉他到处串门唱歌，并一度同当地的维吾尔族青年成了朋友，学会了一些简单的维吾尔语。再后来就到济南工作，忙于打拼，以往的爱好就基本闲置起来。

时间如白驹过隙，一晃眼，我快到 40 岁了。现在，工作不忙的时候，我也会从墙上摘下吉他，自己弹唱几曲，不过弹唱的也尽是老歌。除此，自己也会逐渐积累一些新的爱好，比如偶尔混迹书画活动，偶尔参与摄影采风，偶尔写写诗，偶尔讲讲课，偶尔研究点学问，偶尔会会朋友喝点酒……呵呵，杂七杂八，圈子不少，倒也生活顺意。

我想说的是，爱好不是嗜好，爱好和工作不矛盾。把握好爱好，会成为你的加分项。无论怎样努力，工作也只是生活的一部分，不是全部。那些把全部精力都投入到工作、事业中的人，值得钦佩；那些在繁忙的工作之余，仍能培养和保持自己的兴趣爱好的人，值得学习。

前几天在朋友微信上看到这么一段话："琴棋书画、花鸟虫鱼总有一款适合你，一定要给自己培养一种爱好。它会洗涤你的身心，打开你的记忆和想象，铺陈你的浪漫。当你全身心地投入时，更会给你带来意想不到的宁静和享受。它们都是日子中的味精，点点滴滴中让我们的生活有了滋味。"对此，我是真心赞同。

先圣孔子说过："知之者不如好之者，好之者不如乐之者。"这句话虽然说的是学习，但我们放在对爱好的理解上，意义是一样的：了解怎么"爱好"的人，不如爱好"爱好"的人；爱好"爱好"的人，又不如以"爱好"为乐的人。兴趣者，爱好也。更高的境界，则是乐。一个人因兴趣爱好而让生活变得快乐，这是多么好的事情啊。

爱好是有形式的，即一个人的爱好会通过做某件事表现出来，比如钓鱼、唱歌、画画等。爱好表现的形式是分层次的，最普通的是因爱好而爱好，稍高一些的是明白为什么而爱好，最高级的是爱好和生活融为一体。对于爱好，有的人可能会过分迷恋、过分执着而抛下一切，执迷不悟；有的人可能会剑走偏锋、违法违规而苦海无边，失去幸福。这样的人忘记了生活的本质，绝对不是真正理解爱好的人，自然也不能使爱好为自己正能量的生活服务。

爱好不是天生就存在的，需要后天发掘培养。人在少年时应寻找爱好，爱好是神秘的宝藏；青年时应培养爱好，爱好是活力的张扬；中年时应保持爱好，爱好是人生路上的营养；老年时应享受爱好，爱好是精神的守望。

　　培养自己的兴趣爱好就等于培养生命的活力。快节奏的现代生活中，一个人如果连正常的爱好都没有，他（她）会以怎样的态度来对待自己呢？这样的人生是不是有些单调、孤单，甚至还很可怜？除了生活必须做的事情，想想还有哪件事是你真正喜欢的？还有哪件事是你能真正自主决定的？爱好就是做自己喜欢的事，从中获取乐趣，获得精神上的享受和寄托。

　　怎样培养良好的兴趣呢？还是看个人喜好。比如你去看画展，觉得被画所吸引；或者你听乐器弹奏的曲子，觉得好听，很想学，这些都是兴趣的萌芽。兴趣是最好的老师，你可以想一下自己平时喜欢干些什么事，然后朝那个方向去发展，顺其自然即可。

　　每个人生命的开始和结果是相同的，唯一不同的是过程，这个过程就是生活。要想生命精彩，就要生活出彩。爱好是我们重要的伙伴与朋友，我们应该让她点缀我们的生活，提升生活的品位，丰富生命的内涵。

　　亲爱的朋友，对于明天来说，今天永远不晚。无论你是年轻还是年老，行动起来，有爱好的重拾爱好，没爱好的培养爱好，让自己变得更加快乐起来吧。

▶▶ 选择

人生有无限种可能，前提是你选择了什么样的人生。

每个人的人生都会有不同的阶段，每一个阶段都会面临不同的选择。也许，你的人生就因为你的某一个选择，会变得与众不同。也许，你因一次聚会见到某个朋友，你的事业会因此出现转机；也许，你会因为换了一家工作单位遇见了你的心上人，让你体验爱情的甜蜜；也许，你会因为一次疏忽错过一次机会，让你悔恨终生。也许，你的某一次微不足道的选择，改变了你的性格、你的命运、你的人生……

选择是有附加条件的，选择的前提是有两种以上备选方案可选。读书是不可选择的，但学校是可以选择的；就业是不可选择的，但就业单位是可以选择的；相爱是不可选择的，但相爱的对象是可以选择的；家庭出身是不可选择的，但成为什么样的人是可以选择的；压力是不可选择的，但改善压力的途径是可以选择的；生老病死是不可选择的，但怎样活着是可以选择的。

纠结于选择是痛苦的，但没有选择是更痛苦的。多少人终其一生，也只是一条道走到黑，紧要关头来到时，没有什么可供选择的备选方案，只能坐以待毙。

人生虽有无限种可能，但人生轨迹却只有一条。方向是你自己选择的，选了哪条路，就决定了你走向哪一种人生。

有人说："唯一不可预测的是人，因为他会不停地成长。即便现在的你出身不够好，学历不够高，人长得也不怎样，但请不要否定自己，人生永远有你认为不可能的事情发生，只要不放弃努力。"

生命有无限的潜能，人生有无限的可能。也许你会这样过，也许你会那样过，但是你只能选择一种。你选择了这样，就失去了那样。但反过来想，你如果选择了那样，也就失去了现在这样。不必烦恼，珍惜你现在拥有的，才是最重要的。

当你走到青春的十字路口，要做出正确的选择，让选择无悔！

▶▶ 两年不见

　　周末，我参加了一场学友聚会，大家是在两年前的一次培训班上结识的，之后断断续续地联系，这次终于相约成行。聚会地点是一位女同学定的，在城南门牙村的山上。这位女同学做酒水生意，是某知名白酒的省级总代理。

　　约好了时间，电话打过去，热情的女同学已在路口等候，几辆车沿柏油山路向上，远远的，便看见酒庄牌坊气派地耸立。这是一处休闲会所，脚下石径蜿蜒盘曲，大大小小的石头造型不一，或立于石径旁，或叠放于水边。院子里种着银杏树、香樟树，院子一角有一片菜地，旁边栅栏圈起的空地上，竟有几只小鹿懒懒地踱着步，晒着太阳。

　　走进房中，呵，满眼都是瓶装白酒。一排排，一层层，各种年份、各种包装，琳琅满目，多得无法形容！

　　学友陆续到齐，正好一桌。两年不见，朋友们都有哪些变化呢？经提议，大家依次述说。

　　主陪位置的王大哥做装修生意，他讲了国家对楼堂馆所的政策限制对工装行业带来的影响，许多同行转做家装，但他仍然坚持主做工装，公司这两年接了几个银行的工程，因而日子过得还可以。

　　接下来的刘大姐介绍了她的变化：两年里，她持续参加了一些培训课程，悟出了一些道理，自家的商标注册公司业务越做越大，今年“五一”她受邀参加了国务院法制办组织的《商标法》修改研讨会。

　　尽地主之谊的这位做酒水的女同学姓王，是“80 后”，性格豪迈，有女汉子之风。从她的介绍得知，这处酒庄会所是她和一位朋友这两年投资建起来的，颇有实力。记得小王酒量很大，不过这次没喝，问及原因，她讲了自己的经历。原来，小王一年前刚做了一场手术，小肠上长了个瘤，好在一切都好。有意思的是，当初由于病情不确定，小王在做手术前，偷偷把自己在南京的一处房子卖了，把卖房的一百多万留给了姐姐，嘱托姐姐万一自己出不了手术室，把这些钱用在照顾自己的儿子身上，说害怕老公再找了媳妇后对自己的儿子不好。听到这，大家大笑之际，也生出了一些心酸。

现在好了，小王说，经过这一场病，她一切都想开了。现在的她正在青岛学开飞机，已经在蓝天上飞了一段时间了。她的白酒生意也正在转型。小王还讲了她在公司管理中的一个案例，说上个月刚奖励了一位新员工一万元钱，原因是这位新员工卖出去了两瓶几十元钱的酒。细问下，小王同学的管理智慧令人刮目相看。

来自外地的胡老弟也是"80后"，长得憨厚朴实。记得学习时他口才不好，上台紧张，但他勇于上台，学习精神可嘉。两年前他刚开始做猪蹄生意，现在，胡老弟的猪蹄店已经在省内开了三十多家，并且在当地买了几十亩地，建立了标准化的生产配送工厂，每天的出货量达到 10 吨。问他下一步的目标，他说正和北京的某品牌运营公司合作，要做江北最大的猪蹄生产商，要做成上市公司。

某国际知名企业旗下物流公司的山东老总李大哥虽然四十好几了，依然怀揣着创业的梦想。他这两年找到了一个润滑油的项目，准备大干一场。怎么做润滑油生意呢？李大哥举重若轻，给大家讲了一个整合厂商、物流、保险、汽修厂等资源的商业模式。这种创新模式闻所未闻，听得一桌人热血沸腾，直夸李大哥太有才了。

时间过得很快，一桌人边吃边聊，沉浸在浓厚的交流气氛中。席间，这次活动的组织者赵老弟介绍了他的企业两年来如何采用股权激励的方式成立新公司的做法。做保险生意的王大姐介绍了自己从管理七八个人到现在四五十人的保险团队的成长经验。当然，我也向大家介绍了我这两年来的成长。

聚会最后，大家合影留念，建立了微信圈，并相约下次到胡老弟公司啃猪蹄。

一日不见，如隔三秋。两年不见，这个世界已经有所改变。

梦想是鱼，时间如流水。当你看到鱼儿顺流而下再忙于织网时，鱼儿便已与你擦肩而过。只有早已备好渔网，守在水边的人，才能捕获满网的梦想。

总有人比你优秀，这个世界上，最可怕的不是有人比你优秀，而是比你优秀的人比你还努力。

加油吧。

▶ ▶ 人脉在哪

跟朋友聊天，其中一位女士说："你们男人在一起喝酒说话，基本上都有一个固定的套路，就是说着说着一定要扯到认识什么领导或者什么人那儿，好像不这么说就没面子似的。"

细想一下，朋友说的话还真有道理。

看看身边，每回新老朋友相互介绍认识，自报家门之后，总会有人接话，"你们那谁谁我认识。""你认识谁谁吗？"……酒至酣处，场面气氛升级，"那个谁谁这么有名，你怎么不认识呢？""那个谁谁我有他的电话，你不信我现在打过去。"……

呵呵，相信我们这些自以为是的男人都有过这种经历吧，至于提到的那些"谁谁"，有的是确有其事，有的也仅一面之缘，有的只是道听途说……男人们往往美其名曰"人脉"！

什么是人脉？

有的人说："人脉是认识的人多。"为了证明自己认识的人多，他会打开手机，让你看他存储了多少人的电话号码。是这样吗？请问，存储的这些电话号码，是不是有一多半已经半年以上没有联系过？或者有的号码你已经忘记了主人是谁？是不是经常保持联系的也就那么二三十个人？

有的人说："人脉不是认识的人多，人脉是有多少人认识你。"为了证明很多人都认识他，他会举例说明自己多有社会活动能力，这个局那个委的都有熟人，可以帮朋友办这个事、做那个事。应当说，这类人的社会交际能力比一般人要强，但也仅此而已。因为这类人办事往往依靠"脸熟""人托人"等方式，其自身并不具有多少资源，"含金量"并不高。

那么到底什么是人脉呢？

说到底，人脉不是你认识多少人，人脉也不是多少人认识你，人脉是多少人想认识你。你认识别人、别人认识你、别人想认识你，这是三个不同的人际交往层次。

你认识别人，是一种典型的以自我为中心的交往模式。不分析自己和对方的特点，不管同认识的人之间是否有业务、圈子等方面的交集或者后续交往的可能性，只管一个劲儿地往手机上存电话号码，殊不知这样漫无目的地去认识别人，既浪费时间，又浪费资源，其人脉价值必定大打折扣。

别人认识你，这种人际层次、人脉价值要高于前一种。别人能提起你的名字，说明你在别人那里有存在的价值。

而别人想认识你，这显然是一种更高层次的人际交往。别人想认识你，说明你有别人需求的资源，能为别人带来价值。在帮助别人的同时其实也给自己带来了对等价值，这类人的圈子会越做越大，甚至会横跨好多个圈子。

正确理解了人脉，才能正确地自我定位。分析一下，自己在人际交往层面是属于哪一层次？不要只做认识别人的人，也不要只做别人认识的人，应努力提升自己的综合能力，把自己变成别人想认识的人，为自己和他人带来价值，实现双赢。

正确理解了人脉，还会衍生出一个问题：个人交往是这样，企业呢？

改革开放之初，国家实行计划经济，需求大于供给，企业生产什么顾客就只能买什么。这对应的是人脉交际中的"我认识别人"的层次。

后来随着市场经济改革的深入，供大于求，产品开始转向买方市场。你的产品能不能为顾客带来最佳的性价比，直接影响到市场的接纳程度。这对应的是人脉交际中的"别人认识你"的层次。

现在是"互联网＋"的时代，产品已经完全转向买方市场，核心就是顾客需求。顾客需要什么，企业生产什么。这时的企业除了要考虑产品能为顾客带来的功能属性，还要考虑增值服务。这对应的是人脉交际中的"别人想认识你"的层次。

将来，企业不能只针对已经表现出来的顾客需求，更多的要利用大量的数据信息进行分析，从而制订针对潜在顾客的产品计划，引领顾客的消费。这又将对应人脉交际中的哪个层面呢？

俗话说，"一个好汉三个帮""独木难成林"。不论做什么行业，人人都需要人脉，更要学会使用人脉。这就要求你不断开发人脉、累积人脉、维护人脉，同时还要设法把自己变成别人的人脉。如果一个人只活在自己的世界，只能满足自我需求，而不能帮助别人，为别人带来价值，这样的人生有何意义呢？

▶ ▶ 称呼问题

怎样称呼别人是门学问。

小时候，父母教育我们要有礼貌，对人必须按辈分称呼，不可以直呼其名。工作了，同事间要按照职务序列称呼，不可搞混。

以前，"同志"曾经是最时髦的称呼，孙中山先生不是说过"革命尚未成功，同志仍需努力"吗？一声情深意长的"同志"，甚至可以使人热血沸腾、热泪盈眶。

后来，我国与世界接轨了，不兴叫"同志"，称呼"先生""小姐"才显得文雅。

再后来，"小姐"这个称呼不好随便用了，它已经成了女人中某一特定人群的称谓。如果你不分场合地称呼年轻漂亮的女孩"小姐"，可能你会因此而得罪人。

"小姐"不能用，称呼"同志"总可以吧。呵呵，好像"同志"这个称呼也变味了。这是因为，"同志"这个称呼也已经被赋予了其他含义。你如果不分青红皂白，称呼人家"同志"，似乎是要向人家暗示什么。

看来，称呼问题实在是太复杂、太重要了。我们中国人一向将身份、地位看得十分珍贵，所以古人会有下跪、叩头、作揖的礼节。如今不兴这些了，官场、职场的礼节却有了新的形式，称呼的方式也越来越丰富。

譬如，一个人会有多个不同的称呼，在家里是"爸爸"，在单位是"郑科长"，在协会里是"郑副会长"，在上级领导那里是"小郑"，在朋友圈里是"老郑"，在酒场上是"郑哥"……

再如，一个公司里会有多个不同的职位称呼，"张总""孙总监""李经理""陈主任""钱主管"等，实在没有职位的，也总会按照年龄大小称呼"马哥""李姐"……

在人际交往中，选择正确、恰当的称呼，不仅反映着自身的教养和对别人的尊敬，甚至还体现着双方关系所达到的程度，因此称呼不能随便乱用。

今天，你也许会发现这样一种现象，有的称呼"变味"了：有的当面称"官号"，背后起"绰号"；有的当面"称兄道弟"，背后"两面三刀"；有的不分亲疏、不问青红皂白地"套近乎"，称呼演变为"江湖习气"……

许多职场新人会有这样的感受：刚进入一家公司上班，面对陌生的环境，第一件要做的事就是要花大量精力去记住每个人的称呼，理顺人际关系。如果不加注意，将称呼搞错，恐怕会生出一些意想不到的事端。面对有职务的同事好称呼，而面对没有职务的同事时，总感觉直呼其名不礼貌，喊不出口，于是你就会听到满走廊里回荡着"李哥""张姐"的称呼声。

公司内的称呼，可以是多种多样的。有等级森严的，有直呼其名的，有相互叫昵称的。最有特色的，大概可以算马云的阿里巴巴，全公司上上下下每个人都以武侠小说里的人物名称互相称呼，有叫"令狐冲"的，有叫"风清扬"的。

称呼事小，反映的却是整个组织文化的外化。无论党政机关还是企事业单位，一个规范有序的称呼体系的确能反映其文化取向问题。规范有序的称呼，对于维持人们之间的交往秩序非常有必要，更体现了一种社会风尚。

一个单位，应当着力去建设一种开放和平等的组织文化，让称呼随意且有秩序，以此彰显个性，增强团队凝聚力。在职场上，员工对领导的尊重，不是体现在口头的一个称呼上，更多的是体现在对这个组织的认可和付出上。

▶ ▶ 人在江湖

如果你是位武侠小说迷，一定会知道古龙这个名字。古龙与金庸、梁羽生并称为"中国武侠小说三大宗师"。"人在江湖，身不由己"，这句话就出自古龙先生《楚留香传奇》一书。至此，"江湖"一词才为更多的人接受，也才有了更深的内涵。

什么是江湖？古龙先生说："有人的地方，就是江湖。"

有江湖的地方，就有爱恨情仇。

江湖有爱，多少男女一见倾心，心生情愫，情到深处直教人生死相许；

江湖有恨，多少英雄冲冠一怒，拔剑而起，绵绵此恨击长空；

江湖有情，多少忠义之士肝胆相照，患难与共，共创大业，风雨兼程；

江湖有仇，多少苍生争名逐利，同根相煎，终落得两败俱伤，一切随风。

古龙用笔构建了一个武侠的江湖，而他本人也极富江湖色彩。

古龙年轻时一度加入帮派，身上刀疤累累，且嗜色如食，嗜酒如水，发达后更是得意忘形。中年时在吟松阁饮宴遭人砍伤，大量失血，又输入带有肝炎病毒的血液，从此健康恶化。加之婚姻触礁，投资失利，后终苟疾不治，享年48岁。"小李飞刀成绝响，人间不见楚留香。"

古龙的"江湖"终是一个人的江湖，过程虽波澜壮阔，结局却抱憾终生。

北宋政治家、文学家范仲淹则为"江湖"注入了另一种意义。范仲淹一生际遇坎坷，两岁时父亲病逝，随母改嫁；少时连岁苦读，志在天下；25岁中得进士，踏上仕途；32岁为民治堰，热心执教；52岁西陲守土，建立军功；晚年纲举新政，推出了十项改革。范仲淹一生为人正直，多次诤言谏主，鞭挞奸恶，三次被贬仍忧国忧民，矢志不渝。终以"居庙堂之高则忧其民，处江湖之远则忧其君""先天下之忧而忧，后天下之乐而乐"的大义情怀被世人景仰。

　　其实，"江湖"的称谓最早是由庄子提出的，只不过，庄子说的"江湖"就是江河湖海的本意概括。"江湖"一词出自《庄子·大宗师》，原句为："泉涸，鱼相与处于陆，相呴以湿，相濡以沫，不如相忘于江湖。"意思是：泉水干涸后，两条鱼未及时离开，受困于陆地的小洼，两条鱼动弹不得，互相以口沫滋润对方，使对方保持湿润。此时此境，却不如它们彼此不相识，各自畅游在江湖之中。

　　庄子历来以寓言的形式阐述玄妙的真理，可谓字字珠玑。"江湖"，而非"溪海"，概因溪水潺潺，清澈见底，不能容纳更多；海又巨浪翻滚，变化无常，失之巨大。而江有溪之隽永绵长，湖有海之深沉浓烈。故，只有"江湖"，才能真正包容"四水"之意境，通达人生之真谛。

　　人之欢喜，在于江湖；人之悲哀，亦在于江湖。庄子的一句"相濡以沫"，不知诱导了多少痴男怨女囿于爱情"江湖"。叹息过后却发现，"相濡以沫"的后边，原来还可以"相忘于江湖"啊。

　　江湖从来都属于社会，却不是社会的全部。唐人小说中，江湖是远离朝廷的民间社会；宋元话本中，江湖演变成了打斗比武的场所；近代文学中，尤其是武侠小说中，江湖是侠客们活动的范围；而到了当代，江湖或许是社会中类似"圈子"的现象，圈外的人望文生义，圈内的人讳莫如深。大圈套小圈，小圈套人心。

　　江湖有大有小，大的时候"普天之下莫非王土"；小的时候"放不下一张安静的书桌"。江湖有远有近，远的时候"无缘对面不相识"；近的时候"有缘千里来相会"。

　　你可以选择身居什么样的江湖，却无法选择真正远离江湖。江湖用虚幻的现实主义手法，描绘你的梦想，引导你去追逐、靠近、走入，并最终使梦想发热、发光。

　　说到底，江湖和人的情怀有关。心有多大，江湖就有多大；心里装有什么样的爱恨情仇，就会演绎出什么样的江湖人生。

➤➤圈子

古人云："物以类聚，人以群分。"这话放到今天，其实讲的就是圈子。

什么是圈子？圈子是具有相同爱好、兴趣或者为了某个特定目的而联系在一起的人群。

圈子有很多种。有的是外界给某一特定职业人群的标签，如演艺圈、媒体圈等；有的是自发形成的，如热爱自助旅游的人组成驴友圈子，喜欢写作的人组成文学圈子，热衷收藏的人组成收藏圈子，甚至喜欢打牌的人、喜欢喝酒的人都可以加入牌友圈子、品酒圈子等。

不同的圈子有不同的功能。有的圈子是为了学术研究，有的圈子是为了政治联姻，有的圈子是为了生意联盟，有的圈子是为了休闲娱乐……

圈子能确定一个人的身份。如果你经常参加书画圈子的活动，别人会认为你一定是书画爱好者；如果你老在美容圈子待着，别人会认为你的职业一定跟美容时尚相关；如果你经常跟名人大咖出入高端场合，别人会认为你很高端；如果你经常跟市井之徒混迹街头，别人会认为你很低俗……圈子本身虽然没有高低贵贱之分，但你从属于哪个圈子，却会将你的身份暴露无遗。

选择圈子很重要。人际关系是生产力，圈子决定你的未来。美国有句谚语："和傻瓜生活，整天吃吃喝喝；和智者生活，时时勤于思考。"我们中国也有句古话："近朱者赤，近墨者黑。"这两句话其实是同一个道理：你能走多远，在于你和谁同行。

平心而论，不同圈子里的人，关心的事情也不一样：普通人的圈子，谈论的是闲事，赚的是工资，想的是明天；生意人的圈子，谈论的是项目，赚的是利润，想的是明年；事业人的圈子，谈论的是机会，赚的是财富，想的是未来；智慧人的圈子，谈论的是生活，赚的是价值，想的是人生。

中国社会里，除去政治领域，能称得上顶级圈子的，"泰山会"应占一席。"泰山会"的会长是联想集团柳传志，理事长是四通集团段永基，会员有万通集团冯仑、巨人集团史玉柱、百度李彦宏等，顾问有著名经济学家吴敬琏、胡耀邦长子胡德平等。这样的顶级圈子显然会发挥顶级作用，比如，成功帮助史玉柱东山再起。

尽管你知道了圈子的重要性，但是你想加入一个新的圈子，却绝不是一件容易的事。你想成为"泰山会"成员吗？条件是资产要达到一定的水平，还要有介绍人等其他条件，而且"泰山会"发展会员的数量少、频率低。

当今社会，领导有领导的圈子，名人有名人的圈子，富豪有富豪的圈子，学生有学生的圈子。圈子与你的身份、地位、职业、职务、特长、性格以及圈里人对你的接纳程度等诸多因素紧密相关。不是一家人，不进一家门。否则，冒冒失失闯进去了，也只会被当作客人，很难成为主人。

选择什么样的圈子，得看你想要什么。只要你想，总会有办法。比如，你可以努力学习，使自己接近圈里人的特质；或者留意一些能跨圈子的朋友，让他带你加入圈子；甚至，你有足够的影响力，能自主发起成立一个圈子。

从商业的角度看，今天，人们开始更加相信圈里人的话。在网上买东西，我们会看一下别人的评价；售卖产品或服务，商家会在特定的圈子里发布。我们可以用微信建一个圈子，可以用 QQ 建一个圈子，可以用微博建一个圈子，可以通过某种俱乐部召集起一个圈子……通过圈里人的口碑效应，不断地扩大知晓的人群，达到品牌传播的目的。

无论是社会交往、商业经营还是其他，圈子就是你做事的平台。一个人要想做事、做成事，单打独斗的时代已经过去了，一定要依靠、借助他人的力量，一定要融合、整合他人的资源。没有圈子要选择圈子，有了圈子要经营圈子。小人物要选好圈子，设法投靠加入；大人物要建立圈子，苦心经营；更高的人物要平衡圈子，左右局势。

选择什么样的圈子，意味着你选择和谁在一起。选择和什么样的人在一起对一个人的发展真的很重要。"积极的人像太阳，照到哪里哪里亮；消极的人像月亮，初一十五不一样。"和充满正能量的人在一起，你就不会消沉，浑身充满力量。一定程度上可以说，和什么样的人在一起，就会有什么样的人生。

人生的美好就在于与人相处，结伴同行。圈子对了，你的人生就对了。

▶▶喝酒喝到谁舒服

不管男人还是女人，不管你喝不喝酒，总之，你一定参加过不少大大小小的酒场，你一定亲身经历过或见过别人喝高了洋相百出的样子。

多少人相约喝酒时都会说"随意喝"，可一端起酒杯就变成了"感情深一口闷，感情铁喝出血"，喝到最后往往是"喝红了眼睛喝坏了胃，喝得记忆大减退"。当然，酒场上也有这样的人，"能喝多少喝多少，喝不了就赶紧跑"……

小酒怡情，大酒伤身，喝酒喝到舒服最好。那么，请你和我一起思考一个问题：喝酒喝到谁舒服？是喝到自己舒服，还是喝到别人舒服？

有人说，喝酒要喝到自己舒服啊。喝酒本来就是一件高兴的事，不能喝非要劝来劝去，自己喝得难受谁能代替？自己喝到量就坚决不喝了，谁劝也不好使！

有人说，喝酒要喝到别人舒服啊。酒场不像在家，喝多少随自己。酒场上的程序酒要喝，人家敬你的酒要喝，你敬别人的酒更要喝，自己喝得舒不舒服不重要，重要的是让大家喝得舒服。

有人认为，喝到自己舒服的人往往以自我为中心，喝到别人舒服的人往往以他人为中心。或许，前者认为后者太傻，后者认为前者太自私。孰对孰错？见仁见智。

中国是酒文化王国，酒的历史可追溯至 6000 年前，酒最早为祭祀所用，后来逐渐走入日常生活。一直以来，举凡年节吉日、婚丧嫁娶、接风洗尘，乃至买个车、买套房、开个业、找份工作、求人办事，甚至中了五块钱彩票，都能成为人们请客喝酒的理由，人们生活的方方面面几乎都离不开酒。请客吃饭一般讲"无酒不成席"；求人办事一般讲"成不成二两瓶"；友人相聚一般讲"酒逢知己千杯少"……喝酒已然是现代人际交往的一项重要载体，喝酒的意义更是远远超出了"酒"本身的功能。

那么，喝酒到底喝到谁舒服呢？

要看为什么喝酒。没有无缘无故的酒场，每个酒场都有一个主题，就是喝酒的目的。主题轻松的，多喝一点；主题严肃的，少喝一点。喝酒的人要围绕主题去敬酒、谈论，喝的程度要看主题的进展。往往是主题达到了，酒场基本就结束了，谈不上舒服不舒服。

要看和什么人喝酒。跟谁在一起很重要，不同辈分的人喝酒要懂得长幼尊卑，上下级喝酒要知礼、守礼，这样的酒场一般要让长辈、领导喝舒服。跟熟人喝酒，知根知底，量力而行。跟新人喝酒，点到为止。主人喝酒，先干为敬，为的是让客人多喝一点。客人喝酒，反复斟酌，是为体谅主人的盛情。也有那性情中人，如酒场"发动机"，与人一见如故，喝到不醉不休。

要看几个人喝酒。一人喝酒叫独酌，"花间一壶酒，独酌无相亲"。一人独饮，易愁多醉，要让自己喝舒服。两人喝酒叫对饮，"肯与邻翁相对饮，隔篱呼取尽余杯"。两人对饮，谈古论今，在意不在酒。三人以上喝酒叫酒场，自然就有酒场的程序了，带酒、陪酒、敬酒、找圈酒、加深酒、同心酒、饭前酒等，逢酒有说道。酒量小的就要量力而行了，可以少喝，不能不喝，程序酒一定要走，否则到你那卡住了，大家都不高兴。

酒场上，喝到自己舒服好办。比如酒量小的，每次给自己少倒一点，举杯时少喝一点；酒量大的，每次给自己多倒一点，举杯时多喝一点。喝到别人舒服难，除了刚才讲的，还要看酒场气氛。主人请客为什么会找一个德高望重的人作陪？主要目的就是为了托起酒场气氛，"要让客人喝好，自家先要喝倒"！

会劝酒的人，让别人喝完了一杯又一杯，靠的全是一套一套的劝酒词。劝男人喝酒，"男人不喝酒，交不到好朋友"；劝女人喝酒，"酒是粮食精，越喝越年轻"；男人劝酒，"感情深一口闷，感情浅舔一舔"；女人劝酒，"激动的心，颤抖的手，我给大哥倒杯酒，大哥不喝嫌我丑"；不喝酒的劝酒，"只要感情有，茶水也是酒"；碰上较劲的喝酒，"东风吹，战鼓擂，今天喝酒谁怕谁"；给生意人敬酒，"日出江花红胜火，祝君生意更红火"；给新老朋友敬酒，"结识新朋友，不忘老朋友"；给领导敬酒，"领导随意我干了"……如果你想少喝点，就求饶"万水千山总是情，少喝一杯行不行""来时夫人有交代，少喝酒多吃菜"……呵呵。

好几个人一起给你敬酒是尊敬你，你一人敬多人就不行，除非你是长辈或者领导。别人给你敬酒了，你要一一回敬。

酒场上的道道可真多。往往一开始，一桌子的人还能稳坐江东，谈笑风生。等喝至酣处，谁管你身份，谁顾你诗书，酒精会把你的荷尔蒙点燃，于是称兄道弟、山盟海誓、搂脖抱腰、哥长妹短，凡此种种，百态毕现。谁都知道酒喝多了难受，可酒场上拼的就是这个，什么昨天喝多了、感冒了、血压高、糖尿病，一句"酒品如人品"就把你所有的防线摧毁。喝到最后，仿佛谁最经折腾、谁能坚持到底，谁就是胜利者。

不喝酒的时候，大家也都想过：喝酒喝多了的难受，酒场如战场般的伤人，顾及各种人的心累……想想，何必呢？非得喝酒吗？难道我们沟通情感的方式真的这么单一吗？难道我们为人处事真的这么世俗吗？

对于喝酒，尽管我们有太多的理由远离，却不得不走近；尽管我们烦，却不得不强颜欢笑；尽管我们累，却不得不喝下去。

喝酒的最高境界，当是喝到自己舒服、别人也舒服，你好我好大家好。这大概也是你我一众酒徒的梦想，谁能做到呢？

练摊儿

一天晚上，我约了几位朋友去美食一条街吃饭。

已经入秋，但暑气未消，店家在门外支起了一张张方桌，同许多食客一样，我们也搬个马扎坐在街上，俗称"练摊儿"。

华灯初上，推杯换盏间，便有一拨一拨的"才子佳人"轮番登场。有弹着吉他卖唱的，有抱着鲜花卖花的，有推着车子吹棉花糖的，还有形形色色的乞讨者……不知这些人从何而来，又去向何处，反正整个晚上，你来我走，竞相表演，倒也为夜晚的生活增添了别样的风景。

这条美食街大概形成于五六年前，牛蛙、龙虾、烧鸡公、肥蛤、海鲜、火锅、烤鱼、烤肉串，无论南菜北菜，都应有尽有。饭店的红火也带动了其他生意，衍生出了靠美食街"混饭吃"的诸多"才子佳人"们。这些人只在能摆摊的夏、秋两季过来，傍晚来，深夜回，各有各的赚钱门路。

我将这些人分为两类，一类是靠才艺赚钱，一类是靠乞讨为生。

靠才艺赚钱的人基本上是卖唱的，一般都会抱把吉他，还会背着一个音箱。有的独来独往，有的来往成双。他们行头里少不了的是一个塑封起来的歌单，每到一桌，他们都会递上歌单请人点歌。

靠乞讨为生的人，穿得破破烂烂，估计衣服从来不洗。有的胸前挂着"伤残老兵"的牌子；有的挂着拐杖颤颤巍巍；还有一对看上去像娘俩的，儿子在前面拖着腿，不停点着头，母亲在后面用手拽着儿子的衣服，弓着腰，嘴里鼓鼓的不知含着什么东西。

他们各自有各自的市场，唱歌的演唱一首要 20 元，乞讨的一块五毛也不嫌少。他们以一种看不见的默契维系着这个夜晚市场的平衡，倒也相安无事。

按理说，我们应该更多地同情乞讨的人，支持这个观点的逻辑是家里穷得没饭吃了，才会放下尊严沿街乞讨。我原本也是这样认为，直到有一次，我在朋友的饭店吃饭（这条街开业最早的饭店），朋友的女儿告诉我，这些要饭的都是演的，就像那对母子，晚上十一点左右乞讨收工，儿子腿也不瘸了，母亲嘴也不鼓了，娘俩就会大方地进饭店吃饭，几乎每天如此，这条街上的几十家饭店他们都吃遍了。这就是职业乞丐！自从知道了他们的身份后，我便很少再给他们钱。因为我认为，一个人有手有脚，不呆不傻，偏以出卖自己的尊严来换取施舍，纯粹是好吃懒做。

相比之下，我倒对那些靠弹吉他卖唱的颇有好感，偶尔点点歌，感觉他们起码有些才艺。不像那些乞讨的人，脏兮兮地站在你桌前，有的腰上还别着个高分贝音响，伸着手不给钱不走。

这些唱歌的人当中，有男有女，有大学生、有辍学的初中生，有父子同台、有夫妻搭档，年纪大的近50岁，年纪小的才15岁。时间长了，常来这条街的食客也摸清了他们各自的风格：年纪大的那位大叔擅长唱民歌，留辫子的小伙擅长唱祝酒的歌，那位清秀的姑娘擅长唱粤语歌，有对德州过来的夫妻擅长唱西部情歌。热闹的时候，这桌的客人刚点上，紧挨着的另一桌也唱上，各有各的调，还互不影响，挺有意思。

我对朋友说，这些"歌手"当中，有一位残疾人给我留下了较深的印象。他是一位20多岁的男青年，因小儿麻痹后遗症双腿残疾，坐着一个轮椅，轮椅下方脚台上放着一个调音器，两条瘦弱无力的腿和调音器绑在一起，前进后退全靠双手转动轮椅的外圈小轮子。他似乎没有亲人，总是一个人独来独往。

听了我的介绍，我那位外地朋友感慨地说："这个地方才能看到真正的市井生活。"说话间，我提到的那位轮椅歌手出现在我们桌前："大哥，点首歌助助兴吧？"他微笑着，一双大眼充满了期待。

那位外地朋友用目光打量了一下他，说："你唱一首《北京北京》，替我送给在座的人吧。"轮椅歌手答应了一声，迅速转动轮椅调整了一下位置，将身体的正面朝向我们，打开了调音器，随着旋律响起，他手握话筒唱起来。很有质感的歌声饱含情感，加上他投入的表情，竟也十分动人。一曲唱罢，朋友掏出20元钱递给了他。轮椅歌手接过钱，说了声"谢谢"。

就在轮椅歌手走远之际，我的这位朋友忽然一拍大腿，说："坏了！"我们被他吓了一跳，问他怎么回事。朋友说："刚才给他钱时，忘了用双手递过去，以表示尊重。"说着，朋友还做了一个双手前伸的动作。

看着朋友懊悔的样子，我的心软软的，被他的善良所感动。

感动一个人，不在于他做多少惊天动地的大事，有时就是一个简单而微小的动作，看似不起眼，却会触动人心，让人心生尊敬，这就是行动的力量。这个世界上，最小的行动胜过最大的演讲。

在这个初秋的夜晚，朋友被歌声感动，我被朋友伸出的双手感动。

▶▶夜晚的生活

离我家不远有一座立交桥，桥下的场地因势而建，修石铺路，植树种草，生机盎然，是附近居民休闲锻炼的好去处。

晚饭后，我信步走去。立交桥上已经亮起一盏一盏的节能彩灯，桥体像一条蜿蜒的玉带，将夏夜装扮得流光溢彩。桥下的绿树和山石相互掩映，一条弯曲的石径像伸出去的手臂，拥抱着纯净的夜色。

沿石径向前，远远地就听到人声鼎沸。走到宽阔处，一个体积庞大的充气式儿童城堡横在面前，一群孩子在里面钻、爬、滑、滚，欢声笑语此起彼伏。旁边几张矮桌跟前，四五个小孩围坐在一起，手握毛笔，蘸着盘子里的颜料，聚精会神地给石膏模型上色。紧挨着的儿童沙池里面，几个幼儿光着脚，在沙子上踩来踩去，乐此不疲。孩子们快乐地玩耍着，过着他们肆意挥洒的童年。

前方空地上一群男女正在踢毽子，毽子在空中上下翻飞，像一只小鸟般不时扑落在人的脚面上、膝盖上，每和身体接触，毽子底部的铜钱就会发出"啪啪"的脆响。一位大姐大概是"新手"，好几次毽子飞来，她慌乱不已，只好用手去接，等反应过来时，她自己摇摇头，不好意思地笑笑。

走到桥下的场地中央，广场舞的节奏扑面而来。乐曲声动感十足，几十位大妈排成横队，身形矫健，步伐整齐，扭腰摆胯，起舞生风。

广场舞队伍的对面，还有一些上了年纪的人在跳交谊舞。女的衣着华丽、庄重，男的衣着整洁、大方，尽管多数人已是银丝熠熠，但每一缕头发都梳得整整齐齐。有风吹过时，空气中还会飘来淡淡的香水味。老人们相拥而舞，手心相扣，脚步轻盈，在慢四或慢三的舞曲中，转动着不老的青春。

穿过广场中央，沿着高架桥的方向朝纵深走去。道路时窄时宽，树木时疏时密，在一些宽阔的地方摆放了一些石桌、石椅。石椅上，有人摇着扇子听收音机，有人吹着葫芦丝，有人拉着二胡，悠然自得地享受着夜晚的生活。

继续向里走，耳边传来一阵"咚咚锵锵"的鼓乐声。循声过去，看见四五个人围成一个半圈，几位男子有的敲着钵，有的敲着锣，中间的女子敲着一面大鼓。女子大约30岁，头发高高盘起，系了一条粉红色发带，黑色短袖上衣内伸出两条白皙的手臂，手里握着两根细细的鼓槌，鼓槌上系着红色丝带，丝带随着节奏上下飞舞。她时而敲击鼓面中央，时而敲击鼓沿，鼓槌时而高高抬起，时而重重落下，时而快如疾风闪电，时而慢如木鱼禅声……随着节奏加快，女子挥动手臂的幅度加大，每敲一下都像是用尽全身力气，因为用力，她身体前后摆动着，长长的银色耳坠晃来晃去，一张清秀的脸上渐渐渗出了汗珠，被灯光照耀得闪闪发亮。精彩的表演吸引着人群从四周不断涌来。一位热情的大姐早已按捺不住，干脆在过道上扭起了东北大秧歌，惹得鼓声更密、钵声更急、锣声更响。

欢快的鼓乐仿佛给夜色注入了生命，道路两旁的每一片树叶、每一棵草茎都在微微颤动，撩动着我软软的心。此刻，我的眼睛竟有些湿润，为眼前看到的人们的快乐，为这个亲切而美好的夜晚。

这些人，看着是那么陌生，从未相识，我不知道他们来自哪里，叫什么名字，做什么工作；这些人，看着又是那么熟悉，那么亲切，就像是我的邻居、我的朋友、我的家人……

夜晚的生活真好！

白天开车堵在高架桥上时，不会看到桥下的美景；白天为琐事焦头烂额时，不会想到桥下的休闲。夜晚就像一位温暖的知己，看着我们的忙碌，听着我们的心声，读着我们的向往，温暖着我们的心。

月亮慢慢升起。

一对年轻的男女在马路边铺了一块帆布，兜售着小工艺品，两人说说笑笑，对鲜有人光顾的生意并不着急。

露天卡拉OK的投影布挂在树上，一位胖胖的大姐，戴着眼镜，坐在那里动情地唱着一首老歌。

一对情侣从树林里面牵手走出来。

一位大姐"咿咿、啊啊"地吊着嗓子走过。

一只黑狗从路旁蹿出，像一支箭一样，将夜晚带向深处。

▶ ▶ 想和你做知己

生活在今天的社会，人与人之间的认识变得轻而易举。

现实中，一个活动、一次聚餐、一趟旅行；网络上，微信摇一摇、QQ 加个群、微博点个赞，都会让原本不相关的两个人结识，变成朋友。我的一位朋友就是在去北京的动车上，认识了邻座女孩，后来两人结成了夫妻。

茫茫人海，相识即是缘分。但要将这份缘分延续下去，却不是件易事。

朋友有深有浅。交情浅的，一面之缘，点头之交，擦肩而过，挥手作别，一切都是浮云。这样的朋友是"碰友"，碰在一起才是友。交情深的，"可以调素琴，阅金经"，志趣相投，志同道合，高山流水。闲时互诉衷肠，有事时鼎力相助；成功时分享喜悦，失意时抚慰心灵。这样的朋友是"捧友"，把你捧在手心里的友。

每个人的内心都有一个波澜壮阔的大海，有些扬帆远航需要人导向，有些狂风巨浪需要人助擎，有些潮起潮落需要人见证，有些珍珠宝藏需要人分享。"知我者，谓我心忧；不知我者，谓我何求。"相识满天下，知心能几人？

漫漫人生途中，谁是你的知己？你又是谁的知己？

知己，是知心的朋友。

知己，就是你懂对方，对方也懂你。

知己是情感的倾诉者，也是心灵的倾听者。

同性之间有知己。男人之间的知己叫兄弟，女人之间的知己叫闺蜜。兄弟之间，重情、重义、重才，更多的是英雄惺惺相惜；闺蜜之间，交流、交际、交心，更多的是耳边轻轻的关怀。

异性之间也有知己。男人的异性知己叫红颜，女人的异性知己叫蓝颜。红颜也好，蓝颜也罢，只要是知己，就有相互之间的一种感情交流。比朋友多一点，比爱人少一点。异性知己不是情人，情人多是为了性，知己可以没有性，但绝不可以没有情。对于男人来说，红颜知己总是可遇不可求，"衣带渐宽终不悔，为伊消得人憔悴"。男人一旦觅得红颜自然是千般万般的可心，但是红颜后面有知己，也有祸水，有些时候，知己与祸水也仅仅是一步之遥。

寻觅知己不易，保持现有知己也不易。无论男女，知己首先是懂自己的人，其次才是呈现给你的、你懂的那个人。不要把知己当成自己的私人财产、私人领域甚至私人奴隶，要懂得欣赏、尊重、敬重知己。知己可以无话不谈，但仍有各自的秘密；知己能够倾囊相助，但也会量力而为；知己可以近在咫尺，但也应保持距离。

"人生得一知己足矣，斯世当以同怀视之。"知己是十分难求的，有人一生都未找到一个知己。

那么，怎样的朋友才算是知己呢？

真正的知己一定要志趣相投，真诚互助，求同存异。"命里有时终须有，命里无时莫强求。"成为知己之前要成为朋友，成为朋友之前要相互认识，而人和人能否认识则要看缘分。

"千淘万漉虽辛苦，吹尽狂沙始到金。"成为知己的每一步都是一次友情的过滤，每一次过滤都是一种选择。生活百般滋味，无论贫穷或者富有，无论健康或者疾病，那个陪在你身边不离不弃的人，才是你真正的知己。

"知己"这个词是有重量的，有生命的。

所以，当你准备和对方做知己之前，一定要深思熟虑；当有人真诚地想和你做知己时，一定要感恩珍惜。

人之相识，贵在相知；人之相知，贵在知心。

➤➤懂了遗憾，就懂了人生

遗憾，是因未能称心如愿而惋惜。

人的一生中，遗憾的事情有很多种：少年时没能考上理想的学校；青年时错过了心仪的对象；中年时丧失了发达的机遇；老年时失掉了身体的健康……

惋惜、叹惜、后悔，是大多数人面对遗憾时的表现。不管一个人是伟大还是平凡，他（她）总会经历那么几件未能称心如愿的事情。只不过，伟大的灵魂会释然一笑，把遗憾当成命运的拐点，放眼未来；而有些平凡的心灵会耿耿于怀，把遗憾当成命运的冰点，追悔过去。

遗憾没有大小之分。早上睡过头的老板错过一场重要的商务投标，是遗憾；街头的乞丐没能追上被风刮走的十元钱，同样是遗憾。

遗憾是因为没有得到。能得到而没有得到的是遗憾，想得到而最终得到的不是遗憾。遗憾不会重来，能重来的叫机会。错过了，失去了，得不到，才使遗憾变得伤感。

周立波说："经常因后悔而说后悔的人，一定会经常后悔。"同样，经常因遗憾而说遗憾的人，也一定会经常遗憾。

遗憾隐藏在人的回忆里，它会在你回忆往事时浮出脑海，让你彼时平静的心里荡起波澜，有点失落，有点苦涩，也夹杂着一点暖暖的期盼。

回忆中不能没有遗憾，否则人生五味不全；回忆中也不能总是遗憾，否则人生便成了"糊米饭"。

遗憾的根源是心愿。活着，是人的本能需求；活得美好，则是人的心愿。谁都希望自己的人生少一些遗憾，多一些幸福感。心里想着那样的日子，过的偏偏是这样的生活，如此，心愿和现实一次又一次碰撞，于是遗憾一次又一次出现，遗憾成了纠结的心愿。

我们可以减少遗憾，减少遗憾的办法是慎许心愿。有钱人不见得比贫穷者遗憾少，贫穷者也不见得比有钱人幸福感少。遗憾取决于心愿，心愿一旦许下，就要努力达成，达不成就生成了遗憾。因此，我们要做好该做的事情，许下该许的心愿。

我们可以减弱遗憾，减弱遗憾的办法是调整心愿。遭遇逆境，多一些乐观，这样逆境会缩短一点；身处顺境，留一点悲观，这样顺境会延长一点。当遗憾出现，少一些抱怨，多一些自省。这样，才能更好地反思自己，避免因抱怨而出现负面情绪。

有的人喜欢类推，"如果当初……"，世间没有后悔药，没有忘情水。大诗人徐志摩如果不赴红颜知己林徽因的演讲，就不会乘坐邮政飞机失事殒命。而如果不是离婚后又娶了花钱如流水的陆小曼，就不至于入不敷出而乘坐免费的邮政飞机……"轻轻地我走了，正如我轻轻地来。我轻轻地招手，作别西天的云彩。"一代才子用三十四岁的人生写下了永远的遗憾。

徐志摩的朋友泰戈尔说："如果错过太阳时，你流了泪，那么你也将错过群星。"

人生没有如果，有的遗憾可以弥补，有的遗憾成为了永远的遗憾。

生命中出现最多的遗憾是爱情，"奈何故人着新衣，嫁作他人妇"，让人戚然；生命中出现最大的遗憾是亲情，"树欲静而风不止，子欲养而亲不待"，让人喟叹。

我们无法消灭遗憾，是因为我们的心愿无法归零。既然时光无法倒流，就不如直面眼前，试着接触、接近、接受现实中的遗憾，千万不要纠缠在里面，一遍一遍地追悔莫及，这样只能加重自己的痛苦。要尽可能地用自己可以做的事情，去弥补这个遗憾。

人生像是一幅画布，遗憾是留白。没有留白的画作太满，留白太多的画作太浅。遗憾可以有，但不可以多。我们可以让自己的人生留有遗憾，但决不能在遗憾中度过人生。

懂了遗憾，就懂了人生。

▶▶远方

中午，与友人临窗小酌，向外望去，窗外是一条马路，马路对面是楼房，楼房的后面还是楼房……朋友感慨道："城市里看不到远方了。"

看不到远方，是因我们的视线被物体阻挡。

住在城市里，想找一处目之所及无遮无挡的地方，还真不是一件容易的事。你看，小区里的楼房一栋紧挨着一栋，楼距被压缩了又压缩。家是由钢筋水泥砌起来的大小不一的盒子，住在里面，楼层矮的，连被阳光多照耀一会儿都是一种奢侈享受，哪还指望站在阳台上眺望远方风景？抬眼望去，倒是对面窗户上挂的花花绿绿的窗帘，随风飘动时方显出几分生机。

楼层高的，登高望远，似乎可以一览无余。可是不能低头，因为一低头看到的没准又是满眼雾霾。上面晴空碧日，下面海市蜃楼，电梯就像是连接"仙境"和人间的通道，上下之间，让你恍惚得不知道自己身在何处。

城市里看不到远方，那就到农村去。当你满怀兴奋地驾车从城区来到郊区，却发现农村越来越像城镇了。目之所及，曾经的一望无际的麦浪没有了，拔地而起的是高高的厂房；曾经的青山碧水变样了，成了吃喝玩乐的生态园；曾经的绿油油的乡间小路变宽了，来往穿梭的车轮卷起的尘土，遮掩了行人的身影。同在一片天空下，城市和农村的界限越来越模糊。城市有的，农村正在拥有；城市失去的，农村也在失去。

记得小时候，一年总有那么几个傍晚时分，火烧云从西天缓缓飘来，不一会儿，周边的一切都变成了红红的颜色，由浅渐浓。身边的小狗"汪汪"地叫着，跟着孩童一起追逐着地上、墙上的红色，却不知自己也已经红遍全身。有时雨过天晴的时候，天边会挂起彩虹，五彩斑斓，远远望去美得像是人间仙境。月朗风清的夏夜，忙碌了一天的人们，在门前寻一块青石板坐下，举目望向夜空，满天星光闪闪，北斗七星依稀可辨，月宫里的桂花树下，老奶奶摇动纺车的身影活灵活现。身旁的老人们轻摇竹扇，驱赶着蚊蝇和夏夜的燥热，讲述着一辈一辈传下来的神话故事。

这是我记忆中的童年，是少时对远方的憧憬。现在的我们穷尽目力，恐怕也再不会找到小时候的景象了。

诗人说："到远方去/到远方去/熟悉的地方没有景色。"那就让现代交通工具带上我们直接去远方吧。坐上几个小时的飞机或者几十个小时的火车，来到数千公里之外的边疆。此时此地，相信你看到的一切都是新鲜的，你会感叹大自然的鬼斧神工，远方的这一切都会让你激动、感动甚至冲动。但这也仅仅是一时的感觉吧，因为对于远方来说，你只是一个过客，最后你还是要回到现实的高楼大厦中。远方是相对的，当我们把远方当成我们的向往之地时，远方的人们也把我们这里当成了他们的远方。

去远方，是为了看到不同的风景，体验不一样的人生。有人说景由心生，不同的人看同样的景物会看出不同的韵味；同一个人看同样的景物也会心生变化。景由心生的前提是要有景，现在的景似乎是越来越多了。夏天可以造出大片的雪场，陆地上可以造出奇异的海底世界，北极可以开酒馆，南极可以建温室。地球上存在的形形色色的景观，人们可以神奇地浓缩在一个几平方公里的园子里。科学技术如此发达，人类改造自然的能力已趋登峰造极，还有什么样的景观造不出来呢？

毋庸置疑，科学技术是我们在这个世界上获得的最好的礼物，它让我们告别了愚昧，走进了智慧生活，让世界走向了现代文明。

只不过，科学技术可以随心所欲地造出景物，但是它却不能造出人们向往的远方。每个人心里都驻着一个远方，它或许是你向往的地方，或许是你内心躁动的渴望。我们追寻远方，是因为远方充满了神秘和惊奇，远方象征着我们追求美好事物的梦想。而这一切，是无论科技如何发展都填补不了的。远方需要适度的开发建设，需要适宜的居住环境，需要适当的人文情怀。所以，我们在享受科技成果的时候，要记得顺应自然、爱护自然，给我们自己和子孙后代，保留一些远方。

远方并不遥远，它是我们近观时的清彻，远眺时的辽阔，俯瞰时的博大，仰望时的苍茫。喧闹繁华的都市不是远方，远方是繁华背后的空旷；改天换地的农村不是远方，远方是山水之间的畅想。

想着远方、寻着远方，我们才不会停下脚步，不停下才可能有希望。于是，我们为了追寻远方不停地奋斗，我们期望有一天可以走进那个自己向往的地方，成就自己的梦想。

第四辑
柔软的青春

▶ ▶ 写信的年代

身处电子科技时代，人与人之间的通讯变得极为便捷，除了打电话，还可以发邮件、QQ、微信等，鼠标轻轻一点，拇指轻轻一按，信息即时到达。电子信件功能繁多，使用便捷，完全颠覆了传统的手写信件。

今天，虽然你不会像十几年以前那样铺开信纸、提笔落字，写好后装进信封、贴上邮票，然后郑重地投进邮筒，最后等待回信，但是，写信时的那种字斟句酌、欲语还休，还有读信时的那份欢喜悲忧，又怎能忘记呢？

20世纪90年代初，我到新疆吐鲁番工作，用无土栽培技术种植大棚蔬菜。那时的我正值十七八岁的年纪，远离家乡，一年才能回家一次，思念亲人的感觉异常强烈。那时没有手机，没有电脑，没有网络，就连电话也很少，所以绝大多数时候，亲人、同学、朋友间的联系都是依靠写信。

工作上的事、生活上的事，家里的收成、家人的健康等，这些都是写信的内容。每当收到来信，都会捧在手里，仔细看看信封，看看邮戳，然后才小心地撕开信封，掏出信纸，目不转睛地一口气读完。一遍读完后，还会饶有兴趣地再读一遍，甚至隔上几天还会再拿出来翻看。在那个交通、通讯都不发达的年代，一封信、几页纸就连起了游子和亲人的心。只有在读信的那一刻，才会暂时忘记彼此相隔的距离，仿佛回到了彼此的身边。

当年一起去新疆吐鲁番工作的同学有很多，大家都喜欢写信，所以几乎每天都有邮递员过来送信，每次都是将一叠信件送到场区办公室，同学们自己来取。我住的地方紧靠场区办公室，赶上周六、周日或者下班时间办公室没人，邮递员就会把信件送到我这里，由我代收后再转交到办公室。

那天早上，我像往常一样将头一天接收的信件转交到办公室时，一位工作人员说："这些信都是你们同学或老乡的，你不如直接给他们送去。"

我说："老乡、同学太多了，我只认识不到一半。"

那位工作人员又说："你把信给他们送去不就都认识了吗？你为他们送信，等于为大家做了好事，这样你的人缘会越来越好……"

就这样，我听从了他的建议。从那天开始，我每天都会到办公室看有无信件送来，然后利用中午或晚上的时间，穿过一个一个的大棚，打听着名字，为大家登门送信，从不耽搁。

就这样，在新疆吐鲁番工作不到两年，我为大家送了一年的信。通过送信，我认识了全场区的人。那时我买了一把吉他，每到晚上就会满场区地串门、唱歌。通过送信，我还养成了乐于助人的习惯，至今受益匪浅。

从新疆回到家乡后，我应聘到济南工作，刚开始那几年依然与相识的人写信。后来，随着科技的发展，先是有了寻呼机，再后来有了手机。现在互联网无处不在，即使远隔万里，手机上网后也能瞬间传送信息，不只是文字，还有语音、视频。当然，依靠写信通联的形式就慢慢退出了历史舞台。

那天在家里收拾杂物，我竟然找到了一些十多年前的信件，看着已经泛黄的信纸上熟悉的字体，那个时代的人情往事在我心里依然潮起潮落。

今天的人们，每天早上的第一件事就是打开自己的手机、电脑，这个圈那个站的先挨个看一遍，然后再把自己关心的几个关键词搜索一下。如若不这样，根本无法专心做事。QQ、微信 24 小时在手机上挂着，几乎每隔不到半小时就刷一次屏。明明工作、事情很紧、很忙，还是无法控制地要去那些页面上来回看，生怕错过一些惊喜和有价值的消息。这样的状态几乎从早到晚，日复一日。

今天，通讯是完全依赖网络的，假如离开了网络呢？数以亿计的人们的工作、娱乐和生活会不会产生混乱？

今天，经历过写信年代的你，在享用现代通信工具的时候，是否已经缺少了曾经邮寄信件时眼睛里那份痴痴的等待？是否已经缺少了曾经期待相见时心里头那份浓浓的思念？是否或多或少地有了对传统被颠覆后而产生的担忧或向往？

每个时代有每个时代的标志，没有什么好坏之分。我们习惯了现在电子通讯的时代，就像曾经习惯手写邮寄的传统时代一样，我们所有已经过去的和正在经历的，都将成为一个时代的烙印，深深留在人们的心里。

▶ ▶ 夫妻之间

和同学吃饭聊天，席间同学老公来电话，两人似乎在讨论一件事情。放下电话，同学说，老公准备去听一个讲座，征求她的意见。

我与同学一家交往十多年了，知道她老公是一位非常优秀的企业董事长。按照我的理解，老公这么优秀，听课这么小的事怎么还反复征求妻子的意见呢？

没想到，同学接下来的话更让我惊讶。同学说，这么多年了，老公大事小事都会跟她交流：比如朋友交往中的琐事、对人对事的看法、企业经营发展的思路，甚至单位上的人事安排等，老公都会征求她的意见。他们夫妻之间几乎无话不谈，就像朋友一样。

我的这位同学是"70 后"，老公是"60 后"，他们的孩子刚上初中。看上去她就是一个平常的柔弱的女子，并没有特别之处。

是我孤陋寡闻，还是偏见拙知？在我的印象里，夫妻之间能处成朋友关系的并不多见。一般情况下，男女从相识到相知，从朋友到恋人，从恋人到爱人，从爱人到亲人，一路走来，感情融化了恋情，亲情取代了爱情。走进婚姻的夫妻往往归于平静、平淡：关系好的，执子之手，与子偕老；关系一般的，搭伙过日子；关系不好的，情淡缘尽，劳燕分飞。甚至，还有人琢磨出了"三年之痛，七年之痒""单身是领悟，恋爱是失误，结婚是错误，离婚是醒悟，再婚是执迷不悟"的调侃。

我向同学表达了疑问，同学并不否认我的观点，她说身边有几位要好的女性朋友，确实都存在夫妻间共同话题越来越少，特别是老公越来越不爱跟妻子交流的问题。有的人在外面口若悬河，回到家惜字如金；有的人在外面精神熠熠，回到家疲惫不堪。男人每天做什么？做妻子的如果不问，老公几乎从不主动说，问十句，答一句，问多了，脸就变得难看了。

同学说，家庭其实也需要经营，夫妻相处的学问很大。我饶有兴趣地请同学聊起了她的"夫妻哲学"，听完我总结了同学夫妻相处有这么几个优点。

第一，夫敬妻贤。20 年前，同学老公大学毕业分配到省城工作，从基层做起，一直做到单位中层领导，不可谓不优秀。老公在单位是领导，在家里两人分工明确，互相尊重。老公只在春节要求妻子跟他回老家，其他时间随妻子心意。每次妻子回娘家，老公总会主动询问是否需要他陪同。出了家门，妻子总是处处以老公为中心，时时显示老公的"当家做主"的地位，人前会给老公撑足面子。

第二，夫妻互相信任。同学说，男人在外面总会有些应酬，会逢场作戏，这些不必较真。她从不打电话催老公回家，从不追问老公在外做了什么，给老公留下了充分的交际空间。同样，作为妻子的她也有自己独立的朋友圈子，老公也会给予充分尊重。

第三，培养共同爱好。同学说，爱好是可以培养的。每天晚上，她和老公都会捧着一本书读，有好的内容会相互分享。每个月他们都会带着孩子，去书店购书。读书成了他们一家人共同的爱好。

第四，夫妻都爱学习。同学打开她的微信让我看，她关注的微信公众号全是企业管理、家庭、教育等类别。有时间的时候，同学一直在学习，先后考出了会计师、经济师等证书。而她的老公也早就考出了一级建造师证书，近些年更是经常参加一些专业的培训班。

正因为看书多、爱学习，同学分析问题才会有深度。一个拥有独立思想的女人，当然会让老公更加尊重。

身处现代社会，人们工作、生活压力都很大，每个人身体里面压抑的情感总是需要找一个出口。家庭是个人情绪最主要的出口，也是最主要的入口。所有情绪的宣泄、补给，都在家庭里面混合生发，家庭和谐幸福，补充给人的正能量就越来越多，人就会越来越优秀。夫妻之间交流少或者不交流，一定是在关系上出了问题，要么入口不通，要么出口不畅，久而久之会影响到许多方面。

有的男人会说："没有共同话题，工作上的事说了也不懂。"有的女人会反问男人："你不说，怎么知道女人不懂？你不说，女人何时才能懂？"男人们需要注意的是，一定要自觉地抛弃大男子主义思想，给女人以充分的尊重。而女人们要想让男人开口，也需要凭借独立的学识和思想吸引男人开口，并充分回应。

改善家庭关系，保持爱情鲜度，最好的办法就是从开口讲话做起。夫妻之间，每天拿出半小时，聊聊工作，谈谈生活，讲讲计划，双方都有义务和责任。

▶▶你还会流泪吗

看到影视剧中感人的桥段，你会流泪吗？

读到文学作品中感人的情节，你会流泪吗？

听闻朋友、乡邻不幸的遭遇，你会流泪吗？

或者，当自己受到了委屈，经历了磨难，你会流泪吗？

你也许会流泪，会因看到、读到、听到、遇到的感人内容心生唏嘘，继而流下同情或悲伤的泪水；你也许不会流泪，因为你已经学会了控制情绪，做到了悲喜不轻易形于色。

流泪或者不流泪，是一个人的权利。流泪，有时因感动，有时因悔恨，有时因委屈，有时也可能因为伪装……泪水不能代表什么，也不能证明什么。泪水是真的，情感不一定是真的。不能说流泪的人软弱，也不能说不流泪的人坚强；不能说流泪的人善良，也不能说不流泪的人不善良。鲁迅先生说过，"无情未必真豪杰，怜子如何不丈夫"。

流泪，男人和女人的表现各有不同。泪水因情而生，女人似乎更容易动情，更容易被感动。有时女人流泪不需要任何理由，好端端坐在那里，突然情绪上来，那泪水就会像断了线的珍珠似的。男人却很少出现这种情况，遇到感动处至多偷偷抹几下眼睛，被人看到了还会说"眼睛有点不舒服"。这大概应了那句话——"女人是水做的骨肉，男人是泥做的骨肉"。

女人生活得更感性些，而男人生活得更理性些。当然这并不能代表全部，从古至今，有不少女中豪杰"巾帼不让须眉"，驰骋疆场和商场，家里家外一把手，一副柔弱的身板下掩藏着一颗坚强的心；也有不少男人趋炎附势，卑躬屈膝，诌言媚笑，貌似强壮的身体遮盖着一个软弱的灵魂。

哭，是我们来到这个世界上做的第一件事，是我们和这个世界打招呼的方式。孩童从不掩饰情绪，想哭就哭，想笑就笑。长大了，我们开始注意场合，学会了控制情绪，眼泪便不再轻易流出。

一个人在不高兴时，朋友会劝慰他"笑一笑"，但很少有人劝其"哭一哭"。哭，被人们习惯性地认为是一种软弱的表现。医生则认为流眼泪对身体有诸多好处，可以释放负面情绪，可以排出一部分体内的毒素，可以湿润眼睛，使眼睛不干涩。这也是人们为什么会感觉哭后比哭前要好了许多的原因。

因情感变化引起的流泪是人类身体自然反应的过程，不必克制。动物或许会呜咽、呻吟和嚎叫，但决不会动情落泪，即使落泪也是"鳄鱼的眼泪"。所以，当你有流泪的感觉时，你完全可以找一个寂静的角落，坐下来，任由眼睛湿润，或泛起泪花，或溢出眼眶，或滚落腮下，或流满面颊……这又有什么关系呢？

人类只有感情强烈时才会流泪，泪水就像一条纽带，能加深人与人之间的情感联系。无论你是何种身份、地位，当有一个人在你面前，肯为你不加掩饰地任泪水夺眶而出，相信在那一刻，你心里筑起的防线也会瞬间崩溃。这就是眼泪的力量！

让眼泪流下来，是一个人性情的本真流露，起码在那一刻，眼泪会提醒你还是一个有血有肉的人。

➤➤父亲戒烟

"一定要让父亲把烟戒了！"我暗暗下定决心。

父亲烟瘾很大，一天最少抽一包烟。"我抽的烟接起来能往返咱村和镇上十个来回了。"父亲有些自得。

我曾经问过父亲吸烟的历史，父亲说从 20 岁开始抽，烟龄有 40 多年了。

父亲有高血压，这些年，母亲和我为父亲戒烟的事没少费功夫。大小道理给父亲讲过，也曾用过戒烟糖之类的方法，可父亲依然故我，那抽烟的执拗劲真没的说。我和母亲的戒烟运动屡战屡败。

周六，我带儿子回了老家。

见到孙子，父亲非常高兴，一高兴就点上了烟。孙子上前把爷爷嘴里的烟给拔了出来，一遍一遍喊着："吸烟有害健康！"

父亲呵呵笑了，说："好孙子，爷爷不抽烟了。爷爷省下钱给孙子买好吃的。"说完，牵着孙子的手出门了。

母亲张罗着做饭，我看着墙上镜框里面家人的照片，里面有一张父亲年轻时的照片：他坐在一辆拖拉机上面，一手扶方向盘，一手夹着一支烟，腰板挺得笔直，雄赳赳气昂昂的样子。我记得这张照片是 20 世纪 80 年代照的，那时我家刚买了拖拉机。那些年，就是靠着这辆拖拉机，父亲和母亲往返于城乡工地，搬砖运石赚钱养家。而今，父亲年老了，很少再开拖拉机了，锈迹斑斑的拖拉机便被静静地安放在院子一角。

吃完午饭，儿子跑去隔壁看动画片，母亲收拾着碗筷，父亲则坐在沙发上，顺手摸出一支烟，又抽上了，一直抽到过滤嘴的边沿才扔在地上，然后踏上一只脚，使劲碾一下。这是父亲的习惯。

烟是父亲的贴身宝贝，只要出门，他身上有两样东西永远少不了：烟和火机。火机装在烟盒里，烟盒装在上衣或者裤子口袋里，挤得皱皱巴巴，烟丝断了也不会扔掉，总是用手捋捋再抽。除非找人办事，父亲平时抽的都是农村最便宜的烟。

父亲夹烟的右手食指和中指，已是熏得焦黄。我坐在父亲旁边，看着父亲斜靠在那张几乎和我同龄的沙发上，微眯着眼，惬意地吞云吐雾，任凭烟雾不时缭绕着脸上的皱纹。阳光照在他的头上，一簇一簇的白发晃得我眼生疼。

我一直反对父亲抽烟，所以这些年来，我从未给父亲买过烟。此刻，看着身边这位操劳了大半辈子、背有些佝偻的老人，看着曾经在我心里伟岸高大，而今已矮我一头的父亲，我心里竟然动摇了让他戒烟的念头。

罢了罢了，这个年纪的人了，想抽就抽吧，只要父亲高兴就好。

于是，我走进村里的商店，买了商店里最贵的一条烟。

"这是我给您买的烟。"我对父亲说。

"太贵了，咱可抽不起这么好的烟。赶紧退回去。"父亲知道这种烟的价格。

"不能退，我已经把包装全撕开了。"我买烟时就想到了这点。

我打开一包烟，从里面抽出一支递给父亲。父亲惶恐地用双手接过来，把那支烟仔细打量了一番，又放到鼻子跟前闻了闻，这才点上，使劲吸了一口，许久，烟雾才从他鼻孔里冒出。

"这烟好抽吗?"

"好抽!"

"你抽吧，抽完我再给你买，只要你愿意抽。"

"不要买了，抽一支烟好几块钱，你的工资不高还要养家。"

"没关系，只要您老人家高兴，我就买给你抽。"

➤➤带上父母去北京

周末，我陪着父母去北京玩了两天。瞻仰了毛主席纪念堂，登上了天安门城楼，走进了故宫，爬了景山，逛了月坛，穿越了北京的胡同，吃了全聚德烤鸭、护国寺小吃以及庆丰包子。两天的行程自由顺畅，一路不紧不慢，父母玩得非常开心。

我能感受到父母对这次北京之行的满意，父母高兴了，我的心里也是暖暖的。年终岁尾，带上父母去北京，在40多个小时里朝夕相处，给了我一次回报老人养育之恩的机会，实现了我年初许下的承诺。

父母起初是不同意跟我去北京的，我知道他们是怕我花钱。

我的老家是农村的，父母一辈子都是农民。从年头忙到年尾，汗珠子摔在庄稼地里，搭上种子、化肥、农药、浇地的成本，再搭上两个人的劳力，也就收个几千斤的粮食。几千斤玉米、麦子都卖了能值几个钱？恐怕还不值有钱人的一顿饭钱。有人说农民"抠门""自私""小农思想"，想想看，家底就揣着仨瓜俩枣的，还要养活一家老小，还有街坊邻居人情往来花项，能大方得了？

我记得很小的时候，就体会过没钱的日子。

20世纪80年代上学要交学费，每到新学期开学，几十乃至上百块钱的学费就像一大笔债务一样，沉重得让我面对父母时很难张开口，因为我知道父母挣钱很不容易。那时当个农民很苦，种地要交公粮和各种提留款。

1988年我上初中，每周六天的住校生活，我总是和一袋子煎饼、一大瓶咸菜相依为命。父母给的零用钱也就三两块钱，只有在咸菜吃没的时候，才到食堂买上两毛钱的菜，或者在豆腐摊上买上一毛钱的豆腐拌上生盐下饭。

学校在镇上，还记得我爷爷那时经常到镇上赶集，每次卖点农货、鸡蛋什么的，总会找到我，塞给我几角钱或者几块饼干。我爷爷活了85岁，今天的我有条件去孝敬爷爷奶奶了，却已是阴阳两隔，再也没有机会了。

种地实在挣不到钱，父母农闲时就做运输，借钱买了一辆拖拉机，在砖厂拉上砖然后到城里工地卖，一车砖也不过卖二十块钱，还不算车损、油钱和父母的劳力，最后落到手里的钱微乎其微。满满一车砖，父母要用双手一块一块装上，再一块一块卸下来，双手磨得全是茧子，粗糙得就像冬天的老树皮一样。父母一出去就是一天，两头不见太阳，留下我和弟弟独自在家。我们在家里也闲不着，我要到地里"打猪草"，要喂猪，还要在父母回来前生火熬上玉米粥。

小时候除了过年能买件新衣服，平时我们农村学生穿的衣裤一般都带补丁，记得上中专的第一年，我还穿过屁股上缝了一大块补丁的裤子。十几岁时，我跟着母亲拉着"地排车"卖过"顶账"来的卫生纸，还和同学结伴走街串巷卖过那种用玉米做的"糖棍"。父母教育我们兄弟俩要"人穷志不短"。虽然日子很苦，但有父母的疼爱，在我成长的心路上没有留下任何不愉快的阴影。小时候，我没少听母亲提起北京，她经常自豪地说她的哥哥曾参加红小兵串联到天安门广场看见过毛主席，而我这位有着传奇经历的舅舅，在我很小的时候就因病去世了。

我小时候唯一一次出远门的机会是父亲给我的。我那时大概有五六岁吧，那天，父亲的拖拉机坏了，要去邻近的县城买配件。难得出趟远门而且还是坐火车，于是父亲就带上了我。那次出远门的细节我记不清了，但我还记得我是头上包着绷带去的，刚好前几天因调皮碰破了头。其实现在看来，父亲出的"远门"一点都不远，那个地方叫兖州，离我老家泰安市大汶口镇不过110公里，坐车一个多小时的路程。但对于一辈子跟土地打交道的父亲而言，也算得上他为数不多的出远门经历了。

母亲从小就喜欢唱歌、唱戏，其中有不少就是关于北京、关于毛主席的，而且她唱得很好听。她年轻时参加过公社的宣传队，登台演出过。母亲没上过学，却能记住大段的戏词、歌词，尽管一天到晚干活，她也总会边干活边高兴地唱上一段。她年轻时也抱怨过命运，说如果她识字一定会如何如何，但现在老了，再也听不到她的抱怨了。母亲用歌声教我热爱生活，也带给了我对北京的向往。

好在日子慢慢变好了。实实在在讲，这几年农村富裕了，上学不交学费了，种地不交公粮了，我 60 多岁的父母每月还能领到 65 元的养老补贴。父母辛苦了一辈子，按理说该像城里退休职工那样享享福了。我也多次劝父母不要再种地了。怎奈，父母根深蒂固的过日子的方式、怕花钱的习惯以及怕给儿女添麻烦的心理，又岂是一时一会能改变得了的？

由于工作需要，我去过好几次北京，最近两年我也一直和父母商量带他们到北京去玩玩，我知道北京在他们这代人心中的分量。可他们总是推托说"到明年吧"，就连想给他们过生日，也总是推三阻四，一直未成。

去年冬天，一直血压偏高的父亲突然患了脑血栓，好在住了半个多月的医院后康复了。可没想到，今年夏天，一向身体很好的母亲也得了脑血栓，半边身子麻木无力，幸好我弟弟在家，赶紧把母亲送进了医院。

我那时正为工作的事忙得不可开交，等我急急忙忙带着儿子赶回老家，天色已晚。走进简陋的医院病房，就看到母亲躺在病床上，挂着吊瓶，床前坐着我的老父亲。看到我来，母亲竟还要挣扎着坐起来，我赶紧扶她躺下。我看见母亲说话时，嘴都歪了。近距离看母亲，只见她脸上布满了皱纹，头上的白发在灯光下一根一根刺痛了我的眼睛。母亲看着我，眼神是那么的无助，像个孩子……即使病成这样，一辈子要强的母亲怎么也不让我扶着上厕所，还是坚持自己去。

吉人有天相，我那拥有坚强性格的善良的母亲，在住院治疗了近一个月后，终于也完全康复了！

树欲静而风不止，子欲养而亲不待。父母身体先后亮起的红灯让我下定决心：带上父母去北京，去寻找属于他们那个年代的憧憬、向往和记忆。

于是我不再同他们商量，我回到老家找出他们的身份证并带了回来，第二天我就订了去北京的车票，然后给他们打电话，让他们做好准备，周五回去接他们。不出所料，父亲在电话中责备我，说了一大堆离不开家的理由，让我把票退了。"退不了！"我斩钉截铁地告诉父亲。电话那头的父亲一听便不再坚持。

父母终于如约而至，还带来了我弟弟的儿子。第一次坐高铁，第一次出这么远的门，父母从开始时的忐忑不安和不知所措，到后来终于完全放开，尽情地看，尽力地玩，尽兴地笑。

瞻仰完毛主席纪念堂，母亲说："这次终于看见了毛主席的样子，看上去比相片上的老……"

走在故宫三宝殿前的石砖上，母亲感慨："皇帝私心太大了，把自己家修得这么好，不管老百姓死活。"母亲还一路数着大殿的数量，最后说："你看皇帝光大堂屋就十几间，这间和那间就隔20多米，还让人抬着轿子走……"

在和平门全聚德烤鸭店点菜，父亲要喝面条，一问一小碗面条要18元就说什么也不点了，改吃两块钱一碗的米饭。最后结账，我们四个人吃了600块钱，两位老人先是惊叹，后又相互安慰："反正就来这一回了，花就花吧，就吃这一回吧。"

坐在庆丰包子铺里，吃着二十一元钱的主席套餐，我告诉母亲，她坐的位置是国家主席习近平来这里吃饭时坐过的。母亲高兴地问："国家主席也吃这样的饭啊？"我说："是啊，国家主席亲民，提倡节俭。"母亲听了不断点头。一份炒肝、一份芥蓝、六个包子，这样的四份主席套餐，我们吃得干干净净。

从庆丰包子铺出来，我们看时间尚早，就走进了附近的月坛公园。

初冬的北京，天气带着些许寒意。朴实无华的园子里，景物错落有致，有的树木依然青葱，为冬日点缀着生机；有的耐不住寒冷，已经落叶满地。枯黄的叶子铺满一地，寂寞之美，美不胜收。

心情大好的父母一路逗弄着他们的孙子，不时大笑出声，我也跟着大笑，笑出眼泪。一时兴起，母亲竟拉起父亲的手，做起了游戏。暖暖的阳光下，两位老人双手相牵，双脚相抵，扯着身子拉开架势，真是一道最自然、最纯朴、最美丽的风景！

北京，我的父母来过了！

坐在回程的高铁上，我问父亲："你和俺娘过去走出过咱山东省吗？"

"没有。"父亲回答。

"下次我带你们去看大海。"我说。

父亲没有说话，眼睛看向了窗外。

▶▶家什、家具、家居

那天，我与妻儿商量要去逛家具城。谁知，儿子听后便笑了起来："爸爸，现在哪儿还叫'家具城'呢！"说着，儿子在我手心写出"家居"二字。

的确如此，身边这些卖家具的商场，招牌无一例外地用的是"家居"的名称。我无意辩解一个字的对错，而是由它想到了家具行业的变化。

改革开放以来，随着人们物质文化生活的改善及消费水平的提高，家具行业方兴未艾，卖家具的商场逐渐多起来。特别是我所居住的北园一带，家具商场一家挨着一家，规模越来越大。白天川流不息的人流、车流和晚上灿烂多彩的霓虹灯为这个城市注入了活力，张扬着美感。走进商场，生活家具、办公家具等分类精细，红木、檀木、柞木等材质应有尽有，家具样式更是各具特色：现代的、仿古的、欧式的……琳琅满目。"中国家居之都"的美名吸引了大量本地、外地的人到这里购物、就业，着实带动了一方经济发展。

按照通常理解，家具一般指的是家用器具，多为木制品。北魏贾思勰《齐民要术·槐柳楸梓梧柞》介绍道："凡为家具者，前件木皆所宜种。"由此可知，我们国家自古以来家具选材确以木材为主，家具主要是木家具。

细细回忆，商场把名称从"家具"改成"家居"不过是近几年的事。与"家具"相比，"家居"的范畴更广一些，它不仅指家具，还包含家庭装修、家用电器、居室环境等一系列和居室有关的因素。"家居"的功能更趋向全面、实用，更加注重家具的环保性，更加注重结构的细节化、个性化以及与居室装修风格的一致性。厂家或者商家在介绍"家居"时，更加注重与顾客的沟通，注重根据顾客的需求推荐产品，营销的是一种生活理念，给家具赋予了一种人文气息。

家具还曾有一个名字"家什"。翻看浩然先生《艳阳天》第28章："她一面等着，里外地忙了一阵儿，把粥盆、菜碗全都盖上，又把鸡窝堵上，用过的家什全都收拾到屋子里，这才透了口气，走出后门口张望。"对此，我深有感触。

我出生于 20 世纪 70 年代，记得小时候，家里哪有什么像样的家具：一张八仙桌、一个条几、几把椅子，剩下的就是吃饭用的锅碗瓢盆了，大点的家具大概算是母亲陪嫁来的衣服柜子吧。这些物件在大人们的口中统统被称为"家什"。那时的"家什"体现出的完全是实用功能，家里人平时做饭、吃饭有个矮桌子，来了客人就把八仙桌抬出来当饭桌。墙面上贴几张旧报纸、挂历，算是美化一下屋里环境。

到了 20 世纪 80 年代，家里买了一辆拖拉机，父母开始给城里的工地送砖，日子多少宽裕了些，我的母亲提出了一个"宏伟目标"，就是家里每年要新添一样家什。于是，在拖拉机一公里一公里拉长日子的同时，圆桌、沙发、组合柜，像一个个羞涩的少年一样慢慢走进家里。甚至有一天，父母竟然从城里买回来一个旧的录音机，算是添置了一样家用电器。不久，家里又买了台黑白电视机。到了 90 年代，生活条件明显好转，家里翻盖了房子，电视机从黑白换成了彩色，录音机换成了影碟机。此时，"家什"的称呼也自然被"家具"取代。

进入新世纪，在城里工作的我结婚、生子，买了房子，请人设计、装修，彩电、冰箱、空调一应俱全，真皮沙发、实木床等采购齐备。选购这些时，除了功能，我更关注它们的舒适性。年迈的父母时常过来住些日子，一家人其乐融融，真正步入了家居生活。而我母亲当年的"宏伟目标"早已超额实现。

有一次，与一个做家具行业的朋友聊起家居生活时，他告诉我，现在一些发达地区正推广智能化家居的概念。我问他，那将是一种什么样的生活呢？他向我描绘了这样的场景：当你回到家中，随着门锁自动识别系统被开启，廊灯缓缓点亮，空调自动启动，你最喜欢的背景交响乐轻轻弥漫在四周。与家居生活有关的各种子系统通过电脑、网络有机结合，在家中，只需一个遥控器甚至一部手机就能自由控制家中的各个电器……

从家什到家具再到家居，一个词的变迁连接着时代的脉搏，跳动着老百姓居家过日子的梦想。

儿子的安全

下班回家，一进门，孩子妈妈就说：儿子今天出了个大事！

我看到儿子在旁边好端端坐着，就问怎么回事。孩子妈妈告诉我，儿子一人在家时用微波炉热东西，结果微波炉着火了，幸亏没出事。我走进餐厅，看到微波炉熏得黑乎乎的，旁边窗台上还放着一块湿抹布。

原来，儿子想吃月饼，看到月饼包装袋上写着"加热更好吃"，于是就把一个月饼连同纸包装袋一起放进了微波炉，不一会儿，纸包装袋在高温下着火了，微波炉冒起了浓烟。儿子看到着火倒没慌张，他先是拔下了微波炉的电源插头，接着用浸湿的抹布去扑火，火很小，一下就灭了。如果不是儿子及时处置，先拔掉电源插头，可能真的会酿成一场火灾。无疑，孩子在这件事情上的处置方法是正确的。

我走到孩子跟前，问他害怕吗？儿子说没害怕。他告诉我，一看到着火，他就想起爸爸教过他："如果电器着火，第一步要先关电源，然后再盖上湿布，不然会触电。"我表扬了孩子的正确做法，当然也认真给他讲解了使用微波炉的注意事项。

儿子今年9岁，上小学四年级。从去年开始，我们就锻炼儿子一个人上学、放学，一个人中午买饭，一个人在家做作业的能力。一年多来，儿子表现不错，已经有了一定的独立性，甚至学会了自己煮方便面。

孩子的安全问题是家长最关注的，特别在孩子小时，在家里你会担心水电煤气，在路上你会担心车来车往，在学校你会担心打闹磕碰……家长有担不完的心，恨不得每时每刻都守在孩子身边。

我在孩子五六岁时就开始刻意培养孩子的安全意识，比如怎样过马路、遇到陌生人搭讪怎么办、遇到坏人怎么办、有人敲门怎么办、家里电器着了火怎么办、家里有煤气味怎么办，等等。小孩子学习模仿能力超强，你手把手教给他，带他现场操作或者情景模拟，反复几次，孩子一定会留下印象。就像上面提到的处置电器着火的例子，我确实手把手教过孩子，甚至还让孩子爬上电视柜，模拟过关掉家里总电源的操作。

许多父母都有过这样的经历，在孩子蹒跚学步四处乱跑的时候，你总会担心他被热水烫伤，每次孩子靠近热水瓶，你都会立即制止。可是孩子并不因你制止而停止，你越不让他抓他越想抓。那怎么办呢？如果你抓着他的小手轻轻地伸过去，让他体验到烫手的感觉，你会发现，孩子以后保准会自觉地绕开热水瓶，因为在他的潜意识中，他已经知道了怎样做是危险的，怎样做是安全的。

危机处理的能力与坚强自信的品格，是一个孩子将来最重要的生存素质之一。我们做父母的，不应该只是做孩子的保护伞，还要做好孩子的引路人，引导他们学会辨识危险，自我保护。

看看我们身边，看看新闻，有多少让人追悔莫及的例子啊！车祸、溺水、酗酒、堕胎、传销、拐骗、火灾……一次次的事故中，受害者既有小学生，也有中学生、大学生，还有成年人。生活中谁都不希望出事，可是谁能保证不出事呢？你拿什么来保证呢？

危险不会以人的意志为转移，它随时都可能发生，这是今天的我们所处的这个世界的现实。危险客观上存在，我们没必要遮遮掩掩，它不会因人的年龄大小而减弱，也不会因你的害怕而消失。与其逃避，不如面对。

"授之以鱼，不如授之以渔。"避免危险最好的办法，除了教育孩子远离危险，更重要的是教育孩子正确处置危险。令人遗憾的是，许多家长往往只重视前者，而忽视后者。

教育孩子学会正确处置危险状况很重要。当危险真的来临时，孩子平时学过的那些安全技能一定会派上用场，甚至会成为挽救生命的决定性因素。

孩子的成长，从安全做起，从你我做起。

▶ ▶ 想起同学们

我的电脑里保存着一张翻拍的合影，是我上中专第二年时全班五十一名同学与四位老师的合影。时光荏苒，转眼已过去二十多年。

对着照片，我让 10 岁的儿子指认他的老爸，儿子看了半天竟然没认出来；我又让媳妇看，她很努力地看了几遍，摇摇头，说了句："这上面没有你吧……" 呵呵，这绝不是时光的错。看着镜子里的自己，腰身渐肥，面露沧桑，哪里还有年少时的俊朗和青涩！对着照片，我那笨拙的大脑甚至无法叫出每个人的名字，虽然在心里熟悉万分。我数了数，毕业至今，照片中有一半以上的同学一直无缘相见。

这张照片被我视若珍宝，它是我校园生活的见证。那是 1992 年，我在徂徕镇就读职业中专，在那里度过了两年多的学习时光。那个时候，教室、宿舍和操场是我们的舞台，三点一线连出同学情、师生情；那个年代，白杨树、蔷薇花是我们的最爱。纯洁的时光，绽放着我们十六岁的花季、十七岁的雨季和十八岁的毕业季。

亲爱的同学，还记得上课时被老师罚站读课文的那个莽撞少年吗？还记得一边吃着馒头、咸菜一边做作业的辛苦吗？还记得自编自导的联欢会上羞涩的歌声吗？还记得溜出校园挥杆击球的窃喜吗？还记得运动会上摇旗呐喊的激情吗？还记得小虎队的歌声触动的对未来和爱情的渴望吗？

毕业季来临时，所有人都会想到这一别会很久远，只是少不更事的我们还想象不到分别会这么久远，以至于我们班的第一次同学聚会竟然时隔了十八年！而那次聚会也只不过联系到了十几位同学到场。我真的非常感谢热心组织同学聚会的同学，要不是他们，分别多年的同学还不知何时才能见面。校园生活值得怀念的东西太多了，同学间曾经的快乐以及矛盾，到了今天都是那么的亲切释怀。自第一次聚会开始，同学们相约，每隔两年便相聚一次。

慢慢地，越来越多的同学联系上了，参与了。大家还建立了 QQ 群、微信群，没事时还能聊上几句。看着电脑屏幕上大家秀着恩爱、晒着幸福、开着玩笑，偶尔我也会参与其中，但因这几年事情多，所以更多的是默默关注着同学们的动态，暗暗祝福着同学们。

为了梦想，同学们各奔东西，分处天南海北。我的第一份工作在新疆，后来定居到了离老家泰安不远的济南。工作之余，我并没有放下学习，先后读完了大专、本科，参加了好多学习班。学习期间，我也认识并结交了许多新同学，彼此相处得很好，也会经常聊天、聚会。培训班深厚的同学情谊，更让我忆起并怀念当年的中专校园生活。

前几年，我到徂徕山那边培训讲课，有当地的朋友相邀到山脚下吃饭，我刻意让朋友开车绕道，找寻当年的学校。黄昏下，隔着窄窄的街道，我看见曾经的学校门匾已然物是人非。我遗憾地得知，原来的学校已经搬走合并，这里改造成了一所幼儿园。

你总会经历青春，或跌宕起伏，或细水涓流。

有些人、有些事、有些物，慢慢走近，又慢慢走远，最后变成抹不去的记忆。青春的历程，有成功，有失败，有愉悦，有遗憾。当你拥有它时，它是你的意义；当你失去它时，它是你的回忆。心在，青春永在。

青春，是用来怀念的。同学，是用来想念的。

▶ ▶ 想起老师

一个人之所以具备知识和技能，完全是自小到大学习得来，没有人天生就会。

学习，除了自学开悟之外，更多的是拜师求学，这中间老师的角色至关重要。无论一个人走得多远、多高，年龄多大，其心中总会记起曾经的校园生活，总会记起几位人生路上为自己"传道、授业、解惑"的老师。

那天回老家，我同母亲聊天。母亲说，她现在经常和我的小学语文老师在一起跳广场舞。

我心里一动，眼前马上就浮现出语文老师张老师的样子：齐耳的短发，干净利索的打扮，一双眼睛透着严厉、干练。只不过，这是我脑海中二十五六年以前老师的样子，自我小学毕业后好像就再没见过她。算起来，张老师应该也有六十岁左右了。

母亲告诉我，张老师竟然还记得我。

我心里竟然感到了一些自责。

说句心里话，我心里还真的经常想起张老师，只不过总感觉自己没有多大出息，为辜负了老师当年的厚爱而不好意思去看老师。

张老师是我的语文老师、班主任，是我学业上的第一位老师。记得我那时七岁，上学第一天报到，在教室门口，面对我的自告奋勇，张老师将一把教室钥匙交给了我，安排我以后早上为同学们开门。

开学后，我被张老师任命为班长。自此也开启了我从小学到中学一直是班干部的经历，这对我的成长起到了很有益的锻炼作用。

张老师教我们语文课，她的普通话发音非常标准，教的学生语文成绩非常好，我有几次被选中代表学校参加区里、镇里的竞赛。

工作后，我曾经参加过全市的普通话比赛，竟然侥幸战胜电视台主持人，取得了第二名的成绩，这完全是小学时张老师教我普通话的功劳。

有一次张老师让我们写一篇描写动物的作文，我写的《狗》得了90分，还被张老师当作范文在班里读。到现在，我母亲还记得这事，有时还向她的孙子说起。

现在想起来，我后来能从一名小保安走上宣传岗位，能混迹于诗人、作家圈，无不受益于小学时张老师对我在写作上的培育、教诲。

有一定普通话水平，写作上小有所成，这大概是我能让张老师欣慰的地方吧。

此刻的我心里也暗下决心：赶紧写完这本书，出版后带上几本回老家拜望张老师。

其实，在老师眼里，每一个学生都是好孩子，都想把他们教好。俗话说："师傅领进门，修行靠个人。"每一个学生今后走的路之所以不同，完全是对学习的领悟能力不同造成的。

我的学习领悟能力不高，所以我在求学时选择的中专，没有考大学。这和老师们没有一点关系，完全是自己的原因。

从小学到中学，我经历了许多老师，每位老师都各有特色，我都喜欢、尊敬。我曾因初一语文老师不再教我们班而流泪，还能记起教英语的周老师挺漂亮，还记得初三语文老师为我们激情朗读《沁园春·雪》的场景。

到了中专，教过我的老师有七八位。其中有组织我们每周五下午举行"七彩世界"文艺活动的程老师，有打篮球打得特别好的物理老师张老师，有穿衣打扮很有品位的数学老师岳老师，还有细心关爱我们的班主任刘老师。

仔细想想，我都能依稀记得当年的学习情境。其中，我印象最深的是教我语文的齐老师，他爱好文学，带领我们创办了学校的文学报《烽火报》。齐老师那时也是刚参加工作，二十三四岁，我还记得他让我转交给漂亮的音乐老师一首诗，我如今仍能记得齐老师的那首诗是这样写的："对你的思恋／是西天的新月／一页页的日历／将月儿塞圆／／如果你仍不肯回应／我／只有／消瘦。"

十几年前的一幕一幕，现在想想，就如同昨天刚刚发生。有一年中专同学聚会，我们有幸请到了几位老师，师生畅所欲言，气氛非常热烈。但更多的时候，大家都是人在各地，各自奔波忙碌。

我爱教过我的所有老师，是老师带给了我知识，让我打开了视野，丰富了人生。

谢谢老师。

▶▶童年情结

多年前，一位文学前辈给我讲过文学创作的童年、初恋、信仰"美感三动力"原则。由此，我进一步思考：人生一世，经历万千，但不论何时何地，只要生命不止，谁又能忘记童年往事？谁又能忘记初恋的悲喜？谁又不是在追求信仰的路上？

童年、初恋、信仰，是任谁也走不出的三个人生情结。

一个新的生命呱呱坠地，最开始只知道用哭声来表达需求，真正对生命有了清晰的记忆是在童年。

童年的世界天真无邪、无忧无虑，无论贫穷或者富有，总不会缺少父母的疼爱，总不会缺少儿时的玩伴。一根跳绳、几块石子、一窝小虫都会带来乐此不疲的游戏，都能带给孩子们无拘无束的笑声。

童年的生活新鲜而又充满神秘气息，童年的我们对周围看到的一切，都以一颗天真的心给予美好的想象。想象山里面住着神仙，想象天地相接的地平线有多远。童年的心田播种下一粒粒好奇的种子，成为日后不断寻觅的方向。

童年的记忆就是故乡的记忆，小时候居住过的房屋、跑过的街道、读过的学堂、走街串巷的货郎、护城河边的嬉戏或是田野中的牛羊，都是刻在人的心板上的童年记忆。无论你长大后走向何方，无论故乡怎样变化，你的记忆中总会封存着童年时故乡的模样，总会时不时梦到童年的人和事。

童年的一切都是故乡的，童年的经历就是故乡的经历。童年给一个人留下的最大的一笔财富就是永远记忆犹新的体验，以至于我们成年后的思想感情、行为模式仍或多或少地受到此种体验的影响。这种童年时期根植进骨髓里面的情感，慢慢沉淀、醇化为人生的"童年情结"，而且相伴永远。

一位朋友说过，大家都有这样的感觉，中年或老年的时候，每当回忆起童年往事，都感到有一种不可言说的美好滋味。童年时的那条小河，那个小土屋，那些小狗、小猫、小虫子，当时并不觉得多么美丽可爱，现在回忆起来却感到特别温馨，有一种诗意的朦胧。即使童年的贫穷饥饿，挨打受训，现在回忆起来也有了痛苦的亲切，伤心的美丽。

每一个时代都有自己的童年模式，每一个童年里都有每个时代的故事。

一个人会忘记昨天，但永远不会忘记童年。

▶ ▶ 初恋情结

你还记得自己的初恋吗？

你还记得那个曾经让你怦然心动、朝思暮想，为之笑、为之哭的人吗？你现在想起他（她）的时候，你是沉默、微笑，还是觉得当年的求之不得在现在看起来不过如此？

人的一生可能要爱多次，但唯有初恋不掺杂任何功利因素，是少男少女情窦初开的真情流露，发乎心，无所求。后来的爱，已是掺杂了各种世俗的因素，有的是为了结婚而爱，有的是年龄大了不得不爱，有的直接就只是性的，和爱无关，常常变成一种交换。

初恋的爱，不知为什么爱，一切都是心性的自然流淌。

每个人都会经历一次初恋，有的只开花，有的会结果，有的或许就只是一种暗恋。但无论如何，初恋都是人们心中最美的一道风景，它被珍藏于最柔软的心底，常常处于封闭状态，当你触景生情的时候，那甜蜜或苦涩的感觉便会如潮水般涌来，软化你、浸润你、感动你，让你回味唏嘘。

初恋之所以那么让人难以忘怀，是因为那时的你第一次踏进感情的圣地，一切都还朦胧不清，似懂非懂。正因为朦胧方显得神秘，正因为不懂方显得好奇。你从认识对方到产生好感，会偷偷地注意他（她），慢慢地想见他（她），见不到面会想念，见面之后会脸红心跳，怕穿的衣服不够漂亮，怕发型不够好看……

有一种初恋是暗恋，即单相思。常常是一方对另一方的爱，既害怕他（她）知道，又害怕他（她）不知道，更害怕他（她）知道却假装不知道。暗恋一个人是痛苦的，也是甜蜜的。暗恋的人外表风平浪静，内心波涛汹涌。暗恋的人往往缺乏勇气和自信，不敢表白，以至于多少年后再相聚，当你终于鼓起勇气向暗恋的对象说出当年的心迹，总会换来对方"你当年怎么不早说啊"的惋惜。

有一种初恋是绝恋，即爱得绝望。这常常是由于条件的限制，连暗恋也不敢有的那种情况。或许是家人反对，或许是工作选择，或许是生活所迫，或许就只是因为一个误会……两个人明明彼此相爱，却最终劳燕分飞；明明山盟海誓，却最终形同陌路；明明爱得死去活来，却最终伤痕累累。

初恋虽然美好，却常以失败结局。主要还是由于年龄太小，思想和身体都不成熟，慢慢接触到纷杂的社会现实后，心也随之改变了。

从初恋到热恋再到婚姻，这似乎是最完美的过程。可是真的一旦朝夕相处，耳鬓厮磨，生儿育女，过起柴米油盐的日子，你还能保持初恋的那份甜蜜吗？

初恋，要论刻骨铭心，成功的不如失败的，失败的不如暗恋的，暗恋的不如绝恋的。

每个人的心中都会珍藏着那份初恋的美好，不只是因为甜蜜，更多的是失去之后的遗憾与怀念。因为缺失才会觉得心痛，因为心痛才会难忘。那些容颜，仿佛在眼前，却已是远在天边。

有些人，一辈子都不会在一起，但却可以藏在心里一辈子。我们怀念一个人、一段往事，不是因为曾经的爱，而是因为那里面有我们走过的岁月，是我们再也找不回来的自己。

没有人能够知道，曾经的经历会怎样影响我们对爱情的选择。有些东西，或许我们已经忘记，或许我们从来没有忘记。不管当年是成功的、幸福的，还是失败的、痛苦的，统统都成了你所珍视的人生财富，成了一遍遍的回忆，成为一种神圣。

初恋，每个人只有一次，尽管过程不一样，结果不一样，珍藏却是一样的。

▶▶信仰情结

林语堂先生说，中国人得意时信儒教，失意时信道教、佛教，而在教义与己相背时，中国人会说人定胜天。

信仰是对世间万物存在唯一性的坚定不移的认定。人出于对大自然的敬畏，自然具有一种对某一现象的崇拜倾向，继而固化成为一种信仰。

有时候，人不能从物质世界得到真正的满足，要去寻找超自然的造物主，这样人便找到了神。

基督教《圣经》认为，真神只有一位，那就是耶和华，这是父，其子就是耶稣。佛教的创始人释迦牟尼，最后在一棵菩提树下打坐 49 天，终于开悟，认定人类苦难的真正根源是"欲念"。伊斯兰教的经典《古兰经》中，阿拉被尊为独一无二的真主。道教的基石即老子所著《道德经》，所谓"道可道非常道，名可名非常名"。

大多数人没有具体的宗教信仰，不是某一宗教的信徒，可不一定没有宗教意识。

毛泽东小时候曾跟着母亲信佛，1908 年毛泽东为生病的母亲许了愿，便遵从母命独自跋涉了 100 多里路，专程到南岳衡山的大庙去朝佛进香。后来毛泽东接受了唯物主义思想，佛是不信了，但一生中或多或少总还有一些"宗教意识"。1976 年 4 月 21 日，在孟锦云读完有关吉林陨石雨的报道后，毛泽东在窗前伫立良久，感慨而激动地说："天摇地动，天上掉下大石头，就要死人哩……"孟锦云问："在大人物死的时候，天上会掉下大石头，您真信吗？"毛泽东沉思后说："古人为什么要编造这些呢？"

作为华人首富的李嘉诚，对自己的佛教信仰十分自豪，经常公开自称是"学佛之人"，在佛教界被称为李居士。

史玉柱当事业陷入困境时，会进西藏和喇嘛聊天。他认为："一个人能把握自己命运的时候，最不信佛，比如数学家、物理学家；当一个人对自己命运无法把握的时候，特别容易相信，比如出海的渔民。"

潘石屹在《信仰改变了我的生命》一文中提到了巴哈伊教对其的影响："我现在看周围的人都是好人，那些以前认为的坏人，只是一些幼稚的人和病人。我的人生有了坚定的目标，就是让自己和周围的世界一起进步。"

在人类发展的早期，科学是从宗教理论中分化出来的。首先，从神学中分离出哲学，再从哲学中分离出物理和化学，然后再分离出众多的社会科学和自然科学。语言、文字、绘画、舞蹈、诗歌、音乐等，往往是通过宗教的形式进行了广泛的传播，有力地促进了社会文化的发展。许多宗教人员同时也是文学艺术与科学技术的发明者和创造者。

科学给我们提供了丰富的物质资源，但在物质生活以外，人还有精神生活的领域。在物质方面，人人希望有饭吃、有衣穿、有房子住。在物质生活以外，人们还需要娱乐，需要友情、爱情，需要文艺、音乐等。

物质的一切，并不能完全解决人生的需要；精神的信仰也需要物质的支撑。这说明科学与宗教并不冲突。

每个人心中，都有一道宇宙和人生待解的谜。它让我们穷尽一生去追寻谜底，而追求谜底的过程就是信仰的过程。

▶ ▶疼痛

最近几天自己右肋下一直疼痛，咳嗽时疼，坐着时疼，躺下后疼，在床上不敢翻身，每次用力触动肋部都像是针扎一样。坚持了七八天后，我到医院拍了个片，检查了一下，没大事，只是肋间软组织撕裂。

怎么回事呢？前段时间打了一场篮球，也许是好久不锻炼的缘故，身体明显反应迟钝，防守时被人用胳膊肘顶了一下。

小小的肋部疼痛带来了许多不便，坐立行走的功能都受到了影响。疼痛，让我感受到了身体的脆弱，在外力面前不堪一击。

那天躺在床上，我在微信圈看到了这样一个故事：一个叫李创利的29岁小伙子，是一位先天性脆骨症患者，未出生就已经在娘胎里骨折，长大成人的20多年间，身体曾骨折30多次，身高不到一米，体重不到15公斤。这样一个只能坐在婴儿车里的人，其所经历的疼痛可想而知。

这样一个被疼痛缠身的人，竟然设法从汕头来到深圳创业，从卖报纸、摆地摊开始，到现在拥有了自己的公司及房子、车子，年收入超过了200万，还捐建了希望小学！

与李创利经历的疼痛相比，我的这点疼痛是多么微不足道啊！

我还想起了一个关于疼痛的故事：苏联有这样一个男孩，从一出生就感觉不到疼痛。结果，他不是把舌头咬得鲜血淋漓，就是把手烫伤，或者把腿摔断，最终不得不在医生24小时的监护下生活。尽管如此，他还是不断地受伤，再加上他从来感觉不到头痛、肚子痛，所以小病总是发展到很严重了才被发现。结果，可怜的男孩十几岁时就带着浑身的伤病、几十处骨折离开了人世。

看来，一个人如果体验不到疼痛，也是一件挺可怕的事啊！

疼痛，可以让我们更加关注自己。疼痛刺激生命体内的各个细胞去感知、去对抗，甚至能激发出生命的最大潜能来保卫自己，绽放出无比美丽的坚韧之花。

疼痛，可以促使我们激励自己。疼痛让人在身处困境时保持头脑的清醒，更加敏锐地感知自己的存在，从而选择某个恰当节点，去冲垮疼痛的堤坝，捍卫生命的尊严，重建人生的大厦，使人格熠熠生辉。

不经历风雨，怎能见彩虹？一个人、一个组织乃至一个国家、一个民族，谁能正视疼痛改革创新，谁就能像涅槃的凤凰般浴火重生！

感谢疼痛！

▶▶永恒

世间万物，有没有一种物质可以永恒？

是坚硬的石头，还是奔涌的海水？

是生生不息的大地，还是无穷无尽的天空？

仔细想想，好像没有一件物体可以永恒。因为科学家告诉过我们，地球的寿命是 100 亿年，宇宙的寿命还有 240 亿年。

物质之外，精神可以永恒吗？

或许你以为美好的情感可以永恒，当你把一生中最美好的爱情、友情、亲情捧在手里时，时间留给你的却是伤痛、失望、遗憾，因为每一份这样的情感最终都会离你而去；或许你以为美好的名声可以永恒，当你回看历史上雄才伟略的英雄和博学多才的先圣时，他们的名声好坏却从来不由自己决定，总是不可避免地成为不断迭代的时代所需的不同的教育工具。

永恒，就是永远不变或永远存在。

日升月落，斗转星移，没有什么可以一成不变，没有什么经得住时间的考验。所有的一切，都是永恒的过去、永恒的结果，唯一永恒的是变化的过程。喜怒哀乐、悲欢离合只是眼前的浮云，过后的你还是你。

如果你相信永恒，并去承诺、探求，那此时此刻的你，一瞬间对某些人来说也许就是永恒。可这种永恒仍旧只是过去，对于未来而言，一切都是过去。你的或正面或负面的看法，你的或欢喜或悲伤的心情，一定是在变化的，一定是在试图改变自己或周围的。而一旦存在变化，又怎能称为永恒？

佛说："刹那即是永恒。"那么"刹那"是什么？佛经中有多种解释：一弹指有六十刹那；一念中有九十刹那。通过计算可以了解到，一刹那大约是百分之一秒。既然有了速度，刹那即是现在，永恒就成为过去。

想起了一部电影，讲述的是一位年轻女子被国际贩毒组织胁迫运送毒品的故事。女主角因意外事件，身体一次性吸收了大量人工合成的 CHP4，导致她身体发生了一系列不可思议的变化。影片最后，当女主角身体细胞逐渐分解，马上失去生命时，她给面前的科学家解答了"什么是永恒"的问题，答案就是"时间"。

请你想象这样一幅画面：一辆汽车驶过路面，当加速这幅画面到无穷快，你会看到行驶的汽车轮廓越来越淡，直到完全消失。此时我们眼睛看到的只是一条静止的路面。

行驶的汽车去哪了？怎么证明汽车的存在？

想一想，唯有时间能够证明汽车的存在。

时间是衡量一切的刻度和标准。时间给了万事万物存在的合理性，没有时间，一切都不存在，包括我们。

时间才是唯一的永恒。

评论

用文字为青春指引方向
——评马建随笔集《寻找，青春的方向》

孟宪华

用文字为青春指引方向，这是读马建随笔集给我的第一感受。作为职业培训学校校长、企业法律顾问、心理咨询师和大学生创业实训讲师的马建，我想他更有资格用文字证明青春的方向。

青春，被赋予了无尽的遐想和希望，无尽的活力和动力，无尽的责任和使命。在社会高速发展，文化渐趋多元的今天，激情、梦想、快乐、忧伤、烦恼、失落、等待等多样的情感都交织在青春之中，读一读马建随笔集《寻找，青春的方向》，就会明白霍姆斯说的："你所处的位置并不重要，重要的是要去的方向。"

马建的这本集子共收录了61篇文章，这是他发表在各类报刊或讲课时的文稿及日常感悟随笔。作者在日常生活中能够细致地观察到别人观察不到的东西，注意到别人注意不到的细节，没有难懂的文字，没有华丽的比喻，没有说教式的论点，没有字字珠玑的博大深沉；有的只是日常生活中司空见惯的问题，平淡中透着哲理，在真挚的情感表达中流露出追求的大境界，给迷茫的人生带来灵魂的清凉与光明。

读《你到底有多忙》，就会明白我们通常的忙，只是"茫"和"盲"造成的。"我们可以变得不忙""我们还可以忙得有价值""我们可以用今天的忙，换明天的不忙"。这些"忙"于我们是那么亲切和亲近，我们或多或少地都能从其中看到自己的影子。"只要坚持下来，请百分百相信，明年的我们，会充满温情地对自己说：这一年没有瞎忙，我实现了年初的目标，我是最棒的！"简洁的语言，明快的文字，阳光的视野与积极的心态，在这里展露无遗。

只要你还活着，就有目标。"你是想'当一天和尚撞一天钟'，把日子过得每天和每天一个样？还是想'一万年太久，只争朝夕'，让理想的种子在现实的土壤中发芽？""目标是方向，是希望，是自己给自己的一个承诺。"这是《你的目标呢》一文中的文字。此文形象生动，具体地举例说明了目标的可操作性，以及分解目标的必要性。观点鲜明，条分缕析，精辟有力。本文还灵活地运用了比喻等修辞手法，结构上层层推进，逐层阐发，使文章感情饱满，格调昂扬。作者时而议论，时而旁征博引，极富鼓动性与感染力，不失为一篇好文章。

《加满你的正能量》是马建对自己的鼓励，也是对所有读者的鼓励。在越来越大的社会压力下，人们越来越急躁，越来越空虚，当你迷茫的时候，真的需要这样的好文来给自己的精神充充电，让自己的心情沉淀下来，在优美的文字中洒脱地进行一次精神漫步。这些充满正能量的激励话语，除了表现了作者的思想和人生态度，也反映了作者的追求和人生的至高境界，正如文中所说："说正能量的话，做正能量的事，交正能量的朋友，让我们的人生一路正能量。我们的生命会因这样的过程而精彩纷呈。"

热衷于征服，是当今很多人的通病。《征服什么》对这个问题进行了辩证的分析。人们在征服高山，征服原始森林，征服冰川河流……到头来的结果是什么呢？可想而知，遭殃的是我们赖以生存的地球母亲。在文章中，作者不是急切严厉地呼吁，也不刻板枯燥地说教，而是用朴素平实、自然晓畅的语言进行细密的论证。文章采用了多种论证手法，既有环环相扣的理论，又有大量的事例佐证，从而提高了文章的生动性和说服力。

《等待成本》的叙述方式，有点类似于"闲话体"，在不知不觉之间，让你明白了等待的成本很大，无休止的等待是不可取的，对那些喜欢拖延的人，敲响了一记警钟。耐心的说明切中要害，寥寥数语挥发自如，不经意间就把等待的人打动了。后面还有一篇《别让等待成为遗憾》说的也是这个道理，在这里我就不一一赘述了。

如果我问你："你读书吗？"也许你会觉得这话问得有点唐突，谁没读过书呀！然而，如果我问你怎么才算阅读？你经常读书么？究竟读了多少书？有了多少收获和受到多少启发？你一定会大有感慨的。那么，我们不妨听听马建在《你读书了吗》一文中是怎么看待这个问题的。"真正的阅读是指，你和面前的一本书对话，暂时忘记了自我，忘记了世界，通过阅读文字和作者息息相通，一起感受文字塑造出的那个或快乐、或悲伤、或愤怒、或平和的世界，这一段又一段的文字，摸起来是有温度的，闻起来是有墨香的，看起来是有生命的。这样的阅读才是一段完整的生命体验。"此文以独特的视角反映了一个时代问题，小中见大的叩问，让人掩面而思。不可否认，现在读书的人真的少了，看电视、上网、玩手机，谁还有工夫看书？看书的人都是那些静下心来的智者。我们把握不住生命的长度，但可以拓展生命的宽度。阅读无疑是一条捷径：书可以扩大一个人的视野，提升一个人的思想，改变一个人的品质，铸造一个人的灵魂……所以，我认同马建对读书的看法。读书是一种境界，是寻求自己跟自己内心对话的一种乐趣，是升华和武装头脑的一种休闲方式，是开启人生智慧大门的金钥匙。

《懂了遗憾，就懂了人生》是这本集子中我最喜欢的一篇。俗话说，"人生不如意事十之八九"，漫漫人生免不了有遗憾，我们也知道遗憾不可避免，可有时候就是不能真正地放下。为了减少遗憾，就要"调整心愿"，像马建说的那样"试着接触、接近、接受现实中的遗憾，千万不要纠缠在里面，一遍又一遍地追悔莫及，这样只能加重自己的痛苦。要尽可能地用自己可以做的事情，去弥补这个遗憾"。作者对人生的体悟与观察，审视与揭示，正是从对遗憾的遐思中彰显出来的，遗憾也在作者的笔下承载了更多的人生内容。这种探讨引起了我的共鸣与深刻思考。是的，"遗憾可以有，但不可以多。我们可以让自己的人生留有遗憾，但决不能在遗憾中度过人生"。

乍看马建的集子，好像有些杂，他写自己，他写人生，他写感悟，他还写别人，但当你认真读下去的时候，你就会发现有一条线索贯穿始终。无论是写《我的新疆情结》《想起"酒瓶周"》和《带上父母去北京》，还是写《手机控》《练摊儿》等，都没有离开对青春的追求和奋斗的典型故事。成功也好，落魄也罢，都是自己奋斗的结果，人不能靠心情活着，而是要靠心态去生活。换句话就是说，你有什么样的心态，就有什么样的生活。

人生迷茫，青春的方向在哪里？我们该怎么去做？我们要做一个什么样的人？马建的《寻找，青春的方向》，正等待你的打开。

（孟宪华，女，诗人、散文家，德州《地域文化》执行主编，著有随笔集《孟华之滨》，诗集《掌上的心》《时间密码》《纸上城邦》等）

后记

青春，是有方向的

青春，是有方向的，它的方向叫远方。

走向远方，有时健步如飞，有时步履蹒跚。途中既有令你心旷神怡的景致，也有让你奔波劳碌的考验。路上的一切皆在改变，唯一不变的是过程。

回头想想，最开始的机缘仿佛天注定，是那么巧合。1996年4月1日是我20岁的生日，也就在这天，我告别父母，从农村老家来到省城济南，当了一名保安，至今一直没有脱离过这个行业。

有人说，当保安没什么出息。我不这么认为，每一种工作总要有人去做，每一种工作只要用心去做总会有收获。这些年来，我见证了保安队伍中不断涌现出的优秀人物：全国劳动模范、全国十佳保安员、全国人大代表，诗人、书画家、歌手……除了这些先进人物，更多的还是默默站岗巡逻，以血肉之躯守护群众生命财产安全的普通保安员，他们把青春奉献给了保安这份职业，有的甚至为此献出了生命。我长期从事保安工作，结下了对保安职业的深厚感情：我从保安员岗位做起，到当上班长、队长，直到走上管理岗位；我从中专学历学起，到考出大专、本科学历及多种国家职业资格证书；我从一名人生地不熟的外地农村青年做起，到现在定居省城，娶妻生子……每一步的成长都是用心工作、用心学习的结果，每一步的成长都饱含着各级领导、同事、朋友的关心帮助，每一步的成长都是我喜欢、热爱保安工作的具体体现。

走上写作道路并非偶然，我上中学时就喜爱诗歌，曾有作品发表。后来当保安后重拾兴趣，从此未曾停笔。通过写作，我的思维变得更有逻辑，思考问题也更加深入，这些对于我的工作和生活都是大有裨益的。接触文学圈后，我结识了非常多的文朋诗友，工作之余不时相聚，乐在其中。这些年我写了不少文章，但多是散乱的，创作一部作品集的愿望日渐迫切，这既是对自己写作经历的一种阶段性总结，也是对即将流逝的青春年华的一种纪念，于是就有了这本《寻找，青春的方向》。

写这本书是我去年初定下的目标，我要求自己每周至少写一篇文章，累积成一部书稿。每周写一篇文章，并不是一件很容易的事，同芸芸众生一样，我每天也在不停地忙碌。除了忙的时候，还有偷懒的时候，比如早睡一会儿、晚起一会儿、休息一会儿等。反正，一个人假如不想去做事，总会找出无数个听上去理由十足的借口。

每当周日来临，写作任务还没有完成，我便强迫自己坐在电脑前，打开空白文档，双手放在键盘上，轻轻地叩开"脑洞"，用战斗般的意志占领精神高地。于是，一篇文章就像牛奶一样被哗哗地"挤"出来了。正因此，这本书中总有词不达意、生搬硬套的地方，还请读者朋友见谅。

好在写着写着书就结稿了。

我要特别感谢鼓励我坚持写作的朋友，他们告诉我，每到周一，打开电脑的第一件事就是登录QQ空间看我新写的文章。对此，我真的是受宠若惊！每有文句中出现了错字等问题，好心的朋友总会及时指出让我改正。但凡文章有那么一两句出彩的地方，更有朋友给我点赞、好评。这对我真的是莫大的鼓励！于是，我的写作就有了责任感、使命感，就有了坚持的动力，就有了越写越好的决心。

比起文学大家，我的这些小文不值一提，但唯一可以告诉朋友的是，我写的这些事情，是我工作、生活中的亲身经历、感悟，是真情实感，是留给自己青春的纪念。

我要感谢山东大学的耿建华教授和天桥区文联的杨军主席为我的书写了序。耿教授在文学圈德高望重，对我这般的年轻后辈多有关爱。杨军主席是我在天桥区作协的领导，文学功底深厚，在他的带领下，区文联工作搞得有声有色。

我要感谢有"德州才女"之称的孟宪华大姐为我的书写了精彩的评论，宪华姐近年作品颇丰，已经出版多部诗作、散文集。

我还要感谢为我的书写了推荐语的领导、朋友，他们都身居要职，事业有成，能在繁忙的事务中抽时间阅读我的文字实是对我的一种鞭策。

各位老师的溢美之词让我受之有愧。

也许我不是一个很好的记录者，但我喜欢回首青春，回首自己一步步走来的路。青春，当你拥有它时，它是你的意义；当你耗尽它时，它是你的回忆。心在，远方永在，青春永在。

《寻找，青春的方向》等你和我一起触摸青春、怀念青春，向青春致敬。总会有一个故事让你似曾相识，总会有一段文字让你产生共鸣。

《寻找，青春的方向》终于付梓出版了，我如释重负。再次感谢为这本书的编辑、出版付出辛苦的朋友。

2015 年 8 月于济南